La ciudad del dragón

Crímenes de Barcelona

MARIO ESCOBAR

Copyright © 2012 Nombre del autor

Todos los derechos reservados.

ISBN:

DEDICATORIA

A todos los escritores, creadores de sueños
y constructores de mundos.

CONTENIDO

1º Parte	LAS SIETE COLINAS	
1	El Raval	2
2	La redacción	8
3	Ulises	13
4	La casa dela ciudad	17
5	Abuelo	20
6	Hospital	23
7	Familia	26
8	Rex Ricart	30
9	Turno de noche	34
10	Compañera	38
2º Parte	DRAGONES	
11	Negocios	41
12	Cena	44
13	Marroquí	49
14	Patrón	53
15	Todo está bien	57
16	Muerto	60

Contenido

17	Aturdido	63
18	Palabras	66
19	Dragones	70
20	El Caudillo	72
21	Una mujer	75
22	Una copa	77
23	Sacrificio	81
24	Noche de locos	83
25	Roto	88

3ª parte TODO ES NADA

26	Patria	93
27	Malas noticias	95
28	Chispa	99
29	Adiós	101
30	Los dueños de Barcelona	103
31	Compañero	106
32	Sospechosos	109
33	Inmobiliaria	114
34	El Castillo	117
35	Generalitat	120

Contenido

36	Pruebas	122
37	Lola	125
38	Valentín	127
39	Gaudí	131
40	Consumado	133
	Epílogo	135

AGRADECIMIENTOS

A mi amigo Gabriel, que mejora todos mis libros.
El cielo es una gran biblioteca, no lo olvides.

1ª PARTE: LAS SIETE COLINAS

1. EL RAVAL

El Raval siempre fue el vertedero de la ciudad. A pesar de encontrarse en un lugar privilegiado, cercano al Barrio Gótico y al puerto, sus calles estrechas, flanqueadas por edificios algo ruinosos, muchos ocupados ilegalmente y con una población marginal que intentaba salir a flote cada día, lo convertían en una de las zonas más peligrosas de la ciudad. El gobierno de la alcaldesa no había ayudado mucho, aquella mujer parecía disfrutar de la lenta decadencia de la ciudad, como si el dicho de "cuanto peor, mejor para todos", que el viejo presidente de derechas había hecho tan popular, fuera el motor de las políticas municipales. El Raval era todo eso, pero para Nazia era su hogar. Por sus calles había jugado de pequeña, siempre cerca de la pequeña tienda de su padre, allí había experimentado el primer beso y, cuando a los catorce años comenzó a explorar las ramblas y el Barrio Gótico, Barcelona se le antojó el lugar más bello del mundo.

Su padre siempre le hablaba de Lahore, de donde era originaria su familia. Nunca había visto la hermosa mezquita Badshahi, tampoco la Gran Fortaleza con sus suntuosos jardines. La ciudad de sus ancestros era una de las más antiguas del mundo, conservaba su hermosa muralla y la puerta de Chauburji, pero su familia llevaba cuarenta años en Barcelona; sus dos hermanos mayores habían nacido en ella, su madre estaba enterrada en el cementerio de Montjuic, que era considerado uno de los más bellos del mundo.

Nazia se había convertido en la primera mujer pakistaní policía de España. Un camino largo y difícil, que, al principio, su propia familia había rechazado.

La policía amaba el Raval y ser guardia urbana de Barcelona. Su comisaría estaba en Ciutat Vella, muy cerca de la Plaza Real. Apenas tardaba diez minutos desde su casa hasta el trabajo. Su mundo era aquel, una especie de pequeño pueblo dentro de la gran ciudad.

Aquella mañana parecía como otra cualquiera en el Raval. Los comerciantes levantaban las persianas de sus comercios con la esperanza de que los turistas de los cruceros del día dejaran sus dólares, libras o euros en sus cajas registradoras. La esperanza también alimentaba a los vendedores ambulantes que intentaban situarse en lugares estratégicos para atraer a compradores y ganarse la vida. Por el contrario, las prostitutas descansaban después de una larga noche de trabajo. Sus clientes ya no solían ser marineros norteamericanos ni mercantes, la mayoría era jubilados o turistas provenientes de las partes más recónditas del mundo. Los niños ya se reunían en las escuelas, que se habían convertido en verdaderas torres de Babel culturales. Los descendientes de andaluces, extremeños, aragoneses, castellanos y gallegos habían dejado paso a pakistaníes, marroquíes, colombianos, ecuatorianos, argentinos y peruanos, que intentaban convertir aquel territorio hostil en algo parecido a un hogar.

Ahmed abrió la puerta de cristal de su locutorio y tienda de chuches y miró la calle. Aún estaba mojada por el riego de los barrenderos que baldeaban las calles para eliminar la podredumbre de los orines de perros y las vomitonas de los borrachos de la noche anterior. Su tienda daba a la rambla del Raval, pero a aquellas horas no pasaba demasiada gente por allí.

El hombre se dio la vuelta y no vio venir el golpe, simplemente lo sintió en la cabeza y cuando intentó girarse sintió otro en la frente. La vista se le nubló de inmediato; el tercer golpe hizo que se derrumbase y cayera al suelo inconsciente.

Omar se acercó a la tienda como cada mañana, él y su amigo solían compartir un té mientras la ciudad se despertaba poco a poco, abrían muy temprano, aunque los primeros clientes no solían llegar hasta media mañana, pero para ellos, sus pequeñas tiendas eran toda su vida.

Lo primero que le alarmó fue ver los cristales rotos, después el reguero de sangre que partía casi desde la puerta hasta la trastienda. Omar sacó de su bolsillo la pequeña navaja que siempre llevaba encima y la abrió. Caminó pisando los cristales, con la respiración contenida y sin poder evitar oler a pintura. Abrió con cuidado la puerta de la trastienda y esta chocó con algo, era el cuerpo de su amigo. Se agachó e intentó reanimarlo.

—¡Dios mío, Ahmed! ¿Estás bien?

Eran amigos desde hacía más de treinta años, sus hijos se habían criado juntos, ambos eran viudos y varios días a la semana iban a la mezquita.

Lo incorporó un poco, pero sangraba mucho, apoyó su cabeza en su pierna y llamó a Nazia.

—¡Nazia! ¡Han golpeado a Ahmed!

La joven guardia urbana miró a su compañero, ambos estaban patrullando por la rambla, casi a la altura del monumento de Colón. Afortunadamente su compañero aquella mañana era Fermín, un vallisoletano que llevaba poco más que ella en el cuerpo.

—Es mi padre, vamos para el Raval.

—Pero nos toca vigilar el puerto, deja que llame…

—Es un asunto personal, por favor —dijo Nazia al hombre. Los ojos color verde de la mujer parecieron entornarse y el compañero giró el volante y puso rumbo al Raval.

Llegaron un par de minutos más tarde, antes que la ambulancia, que desde hacía unos años llegaban siempre tarde. Aparcaron enfrente de la tienda y entraron al local.

Fuera se había reunido un pequeño número de pakistaníes, la mayoría dueños de las tiendas y negocios más cercanos.

—¡Es una vergüenza! ¿Para qué pagamos nuestros impuestos? —preguntó Mohamed, uno de los más veteranos de la zona.

—Esa alcaldesa okupa tiene la culpa —añadió otro.

La mayoría de los hombres fruncieron el ceño al ver llegar a la mujer policía, no les gustaba que una simple mujer tuviera autoridad sobre ellos.

Omar estaba de rodillas con la ropa llena de sangre, Nazia se aguantó las ganas de llorar, Ahmed era una especie de tío para ella.

—¿Qué ha sucedido, padre?

—No lo sé, lo encontré así.

Fermín miró la tienda, había algunos cristales rotos, pero en la caja no faltaba dinero y no parecía que se tratara de un robo.

En ese momento llegó un segundo coche de policía y la ambulancia. Valentín, el sargento de la comisaría, entró en el local acompañado de Margarita Manzano, su mano derecha y, según creían muchos, su amante. Se rascó la cabeza, su pelo rubio estaba cortado a cepillo.

—¿Qué coño estáis haciendo aquí?

—Señor, recibimos un aviso —contestó Fermín algo nervioso.

—No podéis hacer lo que os salga de los cojones. Siempre me tiene que tocar los *collons* esta *sòmines*. Seguro que habéis contaminado toda la escena.

Los sanitarios entraron en ese momento y se llevaron al herido en una camilla.

—¿Qué ha sucedido? —preguntó el sargento a Omar. El hombre frunció el ceño y comenzó a hablar en pakistaní para joder al guardia urbano.

—¡Habla en cristiano, *collons*! ¡Malditos pakis!

El hombre siguió hablando en su idioma.

—¡Tradúcele!

Nazia miró a su padre e hizo una mueca, pero comenzó a traducirlo.

—Entonces, lo encontró así. ¿Por qué está cubierto de sangre?

—¿Porque intentó socorrerle? —le dijo con cierta sorna la mujer.

—Queda detenido por agresión.

Los guardias urbanos miraron extrañados al sargento.

—Ha sido quien ha llamado —dijo Fermín.

—No es un robo y esto huele a trifulca entre tenderos. En la comisaria nos aclarará lo sucedido.

Nazia apartó a Margarita Manzano.

—¡Es mi padre!

Valentín sonrió.

—Eso me importa una mierda, es un sospechoso de agresión. Si te interpones en una detención te expediento y te mando a casa sin sueldo.

Omar miró a su hija y negó con la cabeza. No quería que se metiera en líos.

Los vecinos miraron indignados cómo Omar salía esposado de la tienda, era uno de los hombres más respetados de su comunidad.

—Ha sido un marroquí, ¿por qué se llevan a nuestro hermano? —se quejó Mohamed. Varios pakistaníes se pararon enfrente del coche de policía.

—No os preocupéis —dijo Omar mientras le metían en el coche.

Cuando Fermín y Nazia salieron los tenderos comenzaron a escupir al suelo. Mohamed miró a la joven y le dijo:

—Eres una deshonra para todos nosotros.

Nazia le miró desafiante, pero no le contestó, entró en el coche y salieron de la zona a toda velocidad, quería llamar a Ulises, su amigo abogado, para que sacara a su padre del calabozo cuanto antes.

2. LA REDACCIÓN

La redacción se encontraba en la Gran Vía de l'Hospitalet a unos quince minutos de la casa de sus padres en Pedralbes. Jorge Vila estudió Periodismo en la Universidad Autónoma de Barcelona y le impresionó el mundo que se encontró allí. En el Peter's School, su escuela durante casi toda su vida, todos parecían cortados por el mismo patrón. Era la mejor escuela del país, tenía todos los medios disponibles y entre su alumnado figuraba los hijos de las personas más ricas y poderosas de España. En la universidad había compartido mesa con todo tipo de personas y, por primera vez en su vida, no se había sentido un bicho raro. Siempre había amado los libros, su sueño era convertirse en escritor, pero su padre, don Joan Vila, uno de los arquitectos más famosos del mundo, lo máximo que le había permitido había sido hacer Periodismo. Siempre le decía que los escritores eran unos muertos de hambre.

Jorge llegó a la redacción, aquel espacio amplio le ponía algo nervioso, nunca había estado rodeado de tanta gente. Era hijo único, su madre había tenido media docena de abortos naturales antes de concebirlo, por eso se había convertido en su pequeño, su niño mimado y protegido.

Se sentó en su silla y se colocó sus grandes cascos, no quería que nadie le molestara, le habían encargado un artículo sobre el antiguo zoo de la ciudad. Por eso no notó que alguien le hablaba hasta que sintió unos dedos fríos en su espalda.

—¿Qué? Estoy trabajando.

Al girarse vio a su jefa Felicitat, el nombre parecía hasta irónico en aquel rostro siempre serio y con el ceño fruncido.

—¿Qué estás haciendo?

—El artículo del zoo.

—Déjalo todo, no sé para qué quiere verte Jordi. Me imagino que será una reunión de machos alfa.

Jorge no entendía por qué aquella mujer le tenía tanta tirria; él era todo lo contrario a un macho alfa. Siempre se había considerado un macho sigma, un tipo solitario que prefería estar fuera de la manada.

Se levantó con pereza de la silla, caminó con las manos en los bolsillos hasta la zona central, donde se reunían los jefes rodeados de paneles luminosos. Un periódico era una lucha de egos interminable, lo único que importaba era el estatus. Aunque el periodismo clásico parecía estar condenado a morir, aquellos tipos se comportaban como la orquesta del Titanic, tocando mientras su barco se hundía.

Después de treinta años, las columnas escritas por genios como Francisco Umbral ya no existían. La opinión se creaba en las redes, no en los rotativos.

—Jorge, siéntate —le dijo Jordi. Aquel hombre vestía traje y chaleco, tenía una barba gris que le tapaba la corbata morada, sus ojos eran grises, empequeñecidos por unas gafas gruesas de pasta.

—Estoy con lo del zoo.

El hombre arqueó las cejas.

—Deja esa mierda, tu jefa es una gilipollas. Cree que el periódico electrónico nos salvará. Los publicistas siguen creyendo en el papel.

La guerra entre los dos formatos era una constante en la redacción.

—¿Qué quiere que haga?

El hombre sacó del cajón un cigarro electrónico y le dio una bocanada antes de que nadie pudiera darse cuenta. Aguantó el humo en los pulmones y lo lanzó por debajo del escritorio.

—Vamos a la terraza.

Caminaron hasta el ascensor y subieron a la azotea del edificio, cuando hacía buen tiempo allí, se celebraban algunos actos, pero ahora era un espacio muerto con todo embalado y cubierto por lonetas.

—Los dragones... —dijo el hombre mientras observaba el horizonte. Los rascacielos de Hospitalet brillaban aquel día soleado de invierno—. Los malditos dragones, ya me entiendes. Esta es la ciudad de los dragones. *Ciutat de dracs* —dijo mientras levantaba las manos de forma teatral.

Jorge no entendía a dónde quería llegar.

—¿*Dracs*?

—Esta es la ciudad de San Jorge, Sant Jordi. Nuestro patrón. Quiero que hagas un artículo sobre los dragones, es tu gran oportunidad.

Aquello le dejó sin palabras.

—¿Cómo quiere que lo enfoque?

—Habla de todos los dragones que hay representados por la ciudad: La del palacio de la Generalitat, el del restaurante Els 4Gats, los de Gaudí. Si me gusta lo metemos en el Semanal.

Jorge se quedó extrañado, no entendía porqué le había elegido a él, no dejaba de ser un novato con poca experiencia, aunque hubiera hecho un máster en Oxford.

—No te quedes con la boca abierta. Imagino que en la biblioteca de tu padre hay mucha información. Los Vila han sido los arquitectos más famosos de la ciudad desde el siglo XIX.

Entonces lo comprendió, quería que su apellido apareciera en el periódico, pensó que su padre le habría pagado de alguna forma.

—Hay gente más preparada…

El jefe le lanzó el humo a la cara y después con aquella sonrisa gatuna le contestó.

—Mueve el culo y prepara el artículo para el viernes.

Jorge bajó las escaleras y se dirigió hasta su escritorio, tomó la mochila y guardó todo lo que tenía en su escritorio.

—¿Dónde va el señorito? —le preguntó Felicitat con los brazos en jarras.

—Jordi me ha encargado un trabajo, tiene prioridad absoluta y voy a salir a investigar.

El joven bajó por el ascensor con cierto regusto a victoria, tomó una bicicleta y se fue a su casa. Eran unos quince minutos de trayecto, aunque, eso sí, la mayor parte cuesta arriba. Cuando llegó enfrente de la amplia casa de sus padres, un palacete del siglo XIX construido por el tatarabuelo, estaba completamente sudado. Dejó la bicicleta del ayuntamiento y entró en la casa. A esas horas, además del servicio, el único que estaba era su abuelo Manel. Entró en su cuarto dispuesto a darse una ducha. Unos minutos más tarde recorrería con la mirada la amplia biblioteca de dos alturas. Estaba a punto de echar un vistazo cuando una voz le hizo dar un respingo.

—¿Qué haces aquí a estas horas?

Era Manel con el batín a cuadros, estaba sentado en una cómoda butaca leyendo.

—Me han encargado un trabajo sobre los dragones de Barcelona.

El anciano puso un gesto de sorpresa y sus arrugas se mecieron como las olas de un mar embravecido.

3. ULISES

Nazia no se había acostado con Ulises todavía. Sobre ella pesaba una larga tradición: todas las mujeres de su familia habían sido vírgenes antes del matrimonio y ninguna se había casado con un infiel. Había conocido al joven abogado en un juicio, tras declarar la invitó a cenar y, por primera vez en su vida acudió a una cita. Tuvo que vestirse en casa de una amiga para que su padre y sus hermanos no se enfadasen. Un vestido rojo ceñido, unos zapatos de tacón negros, un bolsito de mano y algo de maquillaje la habían convertido en una verdadera modelo.

Ulises había reservado una mesa en un famoso restaurante del Ensanche y aún recordaba aquella noche mágica. Aquellas cosas no le pasaban a una chica paki, aunque pareciera que ella había nacido para romper moldes. Su padre no había concertado ningún matrimonio para ella, le había permitido estudiar Criminología y, aunque a regañadientes, se había convertido en policía. En compensación, ella se mantenía virgen e iba todas las semanas a la mezquita.

—Ulises, te necesito —dijo al hombre en cuanto este descolgó el teléfono.

—¿Qué sucede? Me pillas saliendo de un juicio.

La joven de la comisaria.

Nazia le estaba esperando, le dio dos besos y le llevó hasta la recepción.

—Soy el abogado de Omar Yar, quiero verlo de inmediato.

El guardia urbano le observó con indiferencia, levantó con desgana el teléfono y llamó al sargento.

Valentín acudió como una centella y miró al abogado de arriba abajo. Era un hombre atractivo de pelo castaño un poco largo, ojos negros y rasgos masculinos. Parecía un actor de cine, con su traje a medida y su gabardina gris.

—Quiero que suelten de inmediato a mi cliente.

—¿Su cliente? No sabía que un piojoso paki tuviera un abogado tan fino.

Ulises aproximó su rostro al del sargento.

—¿Han acusado de algo a mi cliente? De lo contrario exijo que le devuelvan su libertad de inmediato.

El sargento había detenido a Omar para fastidiar a Nazia, pero sabía que si no lo soltaba de inmediato podía verse en un buen lío ante el juez.

—Está bien, tranquilo.

El sargento tomó el teléfono y un par de minutos más tarde Omar apareció por el fondo del pasillo. Nazia le abrazó, todavía llevaba la misma ropa con la sangre ya reseca.

—¿Cómo está padre?

—Bien, ¿sabes algo de Ahmed?

—Sí, parece estar fuera de peligro, solo tiene una contusión fuerte en la cabeza.

—¡Dios sea glorificado!

—Deja que me cambie y nos vamos.

Ulises se quedó mirando al hombre.

—Perdona, es Ulises Pujol, él es quien te ha sacado de la cárcel.

Los dos hombres se dieron la mano, pero el pakistaní no dejó de mirarle a los ojos.

Mientras Nazia se cambiaba los dos hombres se limitaron a observarse hasta que Omar le preguntó:

—¿De qué conoce a mi hija?

—Bueno, de un juicio.

—Entiendo...

Nazia salió sin el uniforme, con unos pantalones vaqueros, un pañuelo cubriendo el pelo y una blusa de cuadros. No solía ponerse la *sahyla*, pero quería que su padre estuviera tranquilo.

—¿Los llevo en coche?

—Estamos a diez minutos caminando —dijo la joven, Ulises se puso algo colorado.

—Entonces me voy, ha sido un placer conocerle.

Omar le dio la mano, y padre e hija comenzaron a caminar por la calle. Ya era la hora de comer.

—Gracias hija, ese sargento es un sinvergüenza.

—Sí, pero lo importante es que estás libre.

—¿Quién ha hecho esto a Ahmed? Él no tiene enemigos.

—¿No te fijaste en lo que había escrito y en el dibujo?

Omar negó con la cabeza, solo recordaba la cabeza ensangrentada de su amigo.

—No. ¿Es importante?

Ella sacó el teléfono y le enseñó la pantalla. El hombre vio la foto.

"No voldràs despertar el drac".

Justo encima había una figura de dragón dibujada en negro.

—No entiendo —dijo Omar a su hija.

—Es el símbolo de la ciudad, pero yo tampoco sé qué quiere decir.

Los dos llegaron al Raval, subieron a su casa justo encima de la tienda y comieron solos. Sus dos hermanos mayores estaban casados y vivían cerca, pero solo comían con su padre los domingos. Mientras masticaban en silencio, Nazia no dejaba de pensar en aquel dragón y en lo que podría significar. Los agresores querían transmitir un mensaje, pero no entendía de qué se trataba.

4. LA CASA DE LA CIUDAD

La alcaldesa miró las estadísticas y comenzó a resoplar de nuevo. Lo tenía todo en contra, aunque eso no era nada nuevo para ella. Sus padres se divorciaron cuando ella tenía cuatro años. Apenas tenía relación con su padre. Su madre se había vuelto a casar con un poeta algo atildado y tenía dos hermanastros. Se había criado en El Guinardo, una zona burguesa sin demasiada gracia y algo pretenciosa. A pesar de que había estudiado en un colegio pijo, ella siempre fue basta, algo vulgar y tenía un gusto pésimo para vestir. Para sobrevivir se acostumbró a reírse de sí misma y por eso se apuntó a teatro. La facultad de Filosofía de la Universidad de Barcelona fue algo distinto, allí pudo ser ella misma por fin y encontrar gente afín. Se metió tanto en política y desarrolló un activismo tan intenso que nunca terminó la carrera. Tampoco es que fuera una gran estudiante; su inteligencia era mediana, incluso algo mediocre, pero tenía mucha labia y una gran capacidad para liderar y organizar.

En Italia, mientras hacía un curso de Erasmus conoció el movimiento Okupa y le fascinó. Esa mezcla de amor libre, hipismo romántico y anarquía iban mucho con su personalidad. Se dio cuenta de que podía vivir sin trabajar, viajando de un lado para otro como defensora de causas perdidas. Lo que nunca imaginó es que por un golpe del destino se convertiría en alcaldesa de la segunda ciudad más grande de España.

Llevaba ocho años al mando de la alcaldía y sentía el desgaste. Era odiada al mismo tiempo tanto por los partidos independentistas como por los nacionalistas.

La alcaldesa llamó por el telefonillo a su secretaria.

—Ven…

La secretaria entró cabizbaja, sabía cómo se las gastaba su jefa. Muchos la llamaban la "dama de hierro".

—¿Qué mierda es esta? ¿Quién ha filtrado estas informaciones?

—Ninfa, ya sabes que la mayoría de los funcionarios son del partido, y los que quedan son de los socialistas.

Nunca se pronunciaba el nombre del partido que había gobernado Cataluña la mayor parte de su historia, como si al hacerlo algún tipo de maldición pudiera caer sobre todos ellos.

La alcaldesa refunfuñó.

—¡Estoy hasta el coño de los especuladores, ahora como les he parado los apartamentos turísticos están dando la murga con la compra de edificios viejos!

—Bueno, hay zonas enteras de Barcelona que se están cayendo a cachos, los vecinos…

La alcaldesa puso una sonrisa irónica.

—Barcelona es una ciudad europea, no la de esos paletos nacionalistas. No quiero que se especule, la gente inmigrante tiene sus derechos.

La secretaria no quiso discutir con ella.

—Bueno, que la Guardia Urbana se joda, que son todos unos paletos castellanos. Prefiero mil veces a un senegalés que a un andaluz o un extremeño.

—El Raval...

Aquel barrio era su pesadilla, por eso al escuchar el nombre se puso de peor humor.

—Ya, que hay mucha droga y delincuencia, pero no vamos a hacer nada, esa gente tiene derecho a vivir como pueda.

—Pero...

—¿Sabes cuál es el barrio en el que obtenemos más votos? Justo ese, los extranjeros pueden votar en las locales. Siempre ha habido robos y drogas. No es nada nuevo.

La alcaldesa dio por zanjado el tema. No iba a dar ni un euro más a las fuerzas represoras de la ciudad, ella que había estado años luchando contra ellas. ¡Que se fueran a la mierda!

5. ABUELO

Jorge se sentó al lado de su abuelo. Casi nadie le hacía caso a pesar de haber sido uno de los mayores exponentes de Le Corbusier en España junto a Josep Lluís Sert.

—¿Qué estás buscando? Me conozco la biblioteca de la familia de memoria, he sido el que más la ha usado. Tu padre siempre fue un zoquete. Yo la conservé y amplié, pero él apenas ha añadido un par de centenares de libros. Aunque el que me preocupa eres tú, un periodista es un muerto de hambre, no nos engañemos.

—Pero siempre me has animado a ser feliz.

El anciano sonrió y sus arrugas se tensaron como un acordeón.

—Voy a ser un escritor famoso como Eduardo Mendoza Garriga o Carlos Ruiz Zafón.

—Yo conocía bien a los Garriga, esa familia es de las de toda la vida. Esa gente no necesita trabajar para vivir.

—Pero Zafón...

—Mira lo joven que ha muerto el pobre, esa profesión es como la de los taxistas, todo el día sentado y con deudas. Crea una empresa de construcción como ha tenido siempre la familia y no

La ciudad del dragón

te faltará el trabajo. Después con tu tiempo libre haz lo que quieras. Yo amaba navegar, pero nunca me habría hecho marino.

Jorge se puso en pie y se dirigió a las estanterías.

—¿Qué estás buscando?

Sus palabras parecieron más reconciliadoras, en el fondo su abuelo le amaba profundamente, aunque le costase tanto expresar sus sentimientos.

—Me han encargado un artículo sobre los dragones en Barcelona, su simbolismo y la razón de que estén representados en tantos lugares de la ciudad.

El rostro del anciano cambió de repente.

—¿Te han encargado un artículo sobre los dragones?

—¿Por qué te extraña tanto?

—Bueno, Barcelona es una ciudad misteriosa, se cree que tiene más de cuatro mil años y la tradición de Sant Jordi y el dragón al menos mil años.

Jorge parecía sorprendido por la reacción de su abuelo, este no solía alterarse por casi nada, ni siquiera la errática política catalana parecía afectarle como a su padre.

—Otra cosa son los símbolos que hay detrás y qué representan.

—Eso es lo que más me interesa.

El hombre se levantó y se acercó a la vitrina que solía estar cerrada con llave, Jorge jamás había leído ninguno de los libros que estaban dentro, aunque se podía ver algunos de los lomos entre los cristales y las rejas.

Tomó un libro viejo de color negro encuadernado en piel y con las letras doradas.

—¿Sabes quién era Lluís Doménech i Montaner?

—Un arquitecto.

—No era solo un arquitecto, heredó de su familia una imprenta, sacaban libros de todo tipo. Hizo una edición especial de este libro que es mucho más antiguo, no creo que haya más de cinco ejemplares en el mundo.

El anciano extendió su mano repleta de manchas y con las venas surcando su piel grisácea.

Jorge tomó el tomo en sus manos como si se fuera a deshacer y logró leer el título en catalán: *La ciutat dels dracs*.

6. HOSPITAL

Nazia y Omar fueron después de la comida a ver a su amigo Ahmed. Al entrar en la habitación vieron a toda la familia casi al completo, algunos hombres esperaban en el pasillo, pero todas las mujeres y los niños estaban dentro de la habitación. Ella se había puesto el pañuelo para no ofender a la familia de su amigo, aunque no eran muy conservadores.

—*Salam alaikum* —dijo Omar y su amigo le sonrió y respondió a su saludo.

—Gracias por venir.

—Claro, amigo —le dijo mientras le tomaba de la mano.

—Siento que te hayan detenido.

—No te preocupes, ya sabes cómo son algunos guardias urbanos.

Nazia frunció el ceño, aunque sabía que tenían razón. La policía no solía tratar bien en algunos casos a los inmigrantes africanos y musulmanes en general.

—¿Podemos quedarnos a solas con usted un momento?

Omar miró a su hija algo molesto.

—Es importante.

El patriarca apenas pronunció una palabra y todo el mundo salió al pasillo.

—¿Recuerda algo de lo sucedido? Solo quiero ayudar.

—Bueno, me dieron un golpe en la cabeza, estaba de espaldas.

—¿Le habían amenazado antes?

—No —negó el hombre con la cabeza y en ese momento sintió un pinchazo por las heridas.

—¿Nada de nada?

Ahmed se quedó pensativo.

—Unos hombres de una inmobiliaria se pasaron por el local hace unos días y me propusieron comprar mi tienda, pero les comuniqué que no estaba en venta.

—¿Le extrañó algo de ellos?

—Sí, por eso lo he comentado. Llevaba cada uno un traje bueno de algodón, muy elegante, pero sin embargo, una especie de tatuaje le salía por el cuello de la camisa de los dos hombres.

Nazia sacó el teléfono y comenzó a anotar.

—¿Cómo eran los tatuajes?

—No lo sé, simplemente se veía una puntita, parecía una letra o una garra de un animal. No estoy seguro.

Omar miró de reojo a su hija.

—Creo que Ahmed está siendo muy amable, pero parece cansado.

—Una última pregunta. ¿Le suena esta frase? *No voldràs despertar el drac.*

—No.

Nazia salió de la habitación y dejó a los dos amigos a solas, enseguida se le acercó Fátima, las dos eran casi hermanas, aunque sus vidas eran muy distintas. Mientras Nazia era una mujer independiente y trabajaba en lo que le gustaba, Fátima estaba casada y ya tenía cuatro niños pequeños.

—Me alegra mucho verte —le dijo mientras se besaban.
—Estás guapísima.
—Gracias, tú también.
—¿Yo? Parezco mi abuela.
—Tienes unos niños preciosos.
La dos sonrieron.
—Eso sí es verdad.
El esposo de Fátima se acercó sonriente, pero Nazia sabía que no le caía bien.
—Tenemos que irnos.
Fátima se puso muy seria y le dio un beso a su amiga. A Nazia le llamó la atención un moratón, en el brazo de su amiga, que apenas tapaba la blusa remangada.
Omar no tardó en salir, ya estaba toda la familia de nuevo en la habitación.
—Has sido un poco mal educada.
—Solo quería investigar para echar una mano.
—Toma.
Su padre le entregó una nota.
—¿Qué es?
—El nombre de la inmobiliaria, a mí también me visitaron aquel día.
La chica sonrió y besó a su padre.
Salió a toda prisa, tenía mucho que investigar.

7. FAMILIA

Jorge guardó el libro en su habitación, que su abuelo se lo hubiera prestado era un verdadero acto de confianza. No solía dejar nunca ningún libro, pero menos aún los que tenía guardados bajo llave.

Se puso frente al ordenador y comenzó a buscar todos los lugares de la ciudad que tenían representaciones de dragones.

Siempre se habían representado dragones en la ciudad, pero en el siglo XIX fueron muchos los arquitectos que los utilizaron. Algunos llamaban a la ciudad Drakcelona.

Uno de los más singulares era el de la Casa Bruno Cuadros, el edificio estaba en plena rambla y se había puesto para anunciar una tienda de abanicos. El arquitecto Josep Vilaseca i Casanova lo había colgado de la fachada del establecimiento. Era un dragón azulado, que en su cola tenía un abanico, con sus brazos sujetaba un farol y parecía observar desafiante a la rambla. El edificio tenía muchos más elementos extravagantes en su fachada, como si aquel comerciante quisiera que todo el mundo se fijara en él. Sin duda era una estrategia de *marketing*, pero también quería dejar claro la importancia de uno de los símbolos más notables de la ciudad.

Jorge investigó al arquitecto y al parecer había realizado una obra junto al autor del libro que le había dejado su abuelo, el *Panteón de Anselmo Clavé* en el cementerio de Poble Nou.

La tumba era espectacular y, al parecer, se había hecho por sufragio popular para honrar al famoso músico.

—Eran amigos —dijo Jorge en voz alta. Aquel era el primer trabajo que ambos arquitectos hacían juntos.

El periodista apuntó todos los datos y siguió buscando más dragones en Barcelona. Otro muy famoso era el del Park Güell. Algunos expertos decían que no era un dragón sino la salamandra alquímica o la Pitón del templo de Delfos, que era un símbolo de la sabiduría. La obra había sido construida por Gaudí, uno de los arquitectos más sobresalientes del siglo XIX.

Jorge continuó investigando y descubrió algunos dragones mucho menos conocidos como los de la casa de les Punxes, que había diseñado el arquitecto Josep Puig i Cadafalch. El dragón estaba representado en un mosaico, pero todo el edificio era singular y misterioso, se asemejaba a un castillo de ensueño.

En el mosaico podía leerse una leyenda: *"Sant Patró de Catalunya, torneu-nos la llibertat"*.

—Santo Patrón de Cataluña devuélvenos la libertad —dijo en voz alta mientras apuntaba la frase.

Jorge observó la fotografía, en este caso el dragón estaba agonizando con una espada clavada en el pecho.

Repasó un nuevo dragón, este muy famoso, un encargo del conde Güell a Gaudí, una puerta con forma de dragón, una representación de Ladón, el guardián de las Hespérides según la mitología. Aquel famoso dragón tenía cien cabezas y cada una hablaba un idioma distinto.

El último dragón que investigó fue el del parque de la Ciudadela que se encondía en una fuente, en el mismo parque estaba el castillo de los Tres Dragones.

En ese momento notó una presencia a su espalda. Se trataba de su madre Montserrat, a pesar de tener más de cincuenta años se conservaba muy bien.

—¡Qué susto, por Dios!

—Lo siento. ¿Qué estás investigando?

Su madre siempre había deseado estudiar Periodismo, pero se había dedicado a sus labores y a hacer obras benéficas.

—Sobre los dragones de la ciudad.

—¿Dragones? Me parece un tema interesante.

Jorge le contó lo que estaba descubriendo y después se fueron a cenar, en la mesa ya se encontraban su padre y su abuelo.

—Papá.

—Hola, hijo —le dijo mientras le ponía una mejilla.

—¿Qué tal ha estado el día?

La cena era la única comida que podían hacer todos juntos, a veces las cosas se ponían algo tensas por el carácter de su padre, pero aquella noche parecía de muy buen humor.

—Pues, muy bien. Al fin, alguien ha cogido el toro por los cuernos, esos politicuchos de Madrid se están bajando los pantalanes.

—No pensé que te importara tanto ese tema —dijo el abuelo, para fastidiar a su hijo.

—¡No me importa, pero Cataluña lleva años arrodillada y ya es hora de que alguien se enfrente a estos hijos de puta!

—Sergi, ese lenguaje.

El hombre miró a su mujer.

—Aquí ya somos todos adultos. ¿En qué andas ahora? —preguntó a su hijo. Jorge revolvió un poco la sopa con la cuchara antes de contestar. Nunca era cómodo hablar de su trabajo con su padre.

—Dragones como símbolo de Barcelona.

El rostro pétreo del padre se puso algo colorado de repente.

—Los dragones ya no existen y es mejor que nunca vuelvan a existir.

La frase provocó un silencio que la familia aprovechó para seguir corriendo.

8. REX RICART

Rex era un hombre visionario, siempre adelantado a su tiempo, antes de que existieran las inmobiliarias de lujo, él ya había visto el filón. Barcelona, a pesar de algunos desbarajustes políticos, seguía siendo una de las ciudades más deseadas de Europa. Estaba situada en un lugar estratégico, muy cerca de Roma, París, Londres, Lisboa o Berlín; tenía el mar Mediterráneo a sus pies, disfrutaba de una arquitectura increíble y no era demasiado grande. Rex llevaba casi dos años trabajando para convertir el centro de la ciudad en una zona exclusiva y lujosa, pero la maldita alcaldesa no se lo estaba poniendo fácil.

El hombre tomó su Lamborghini Veneno Roadster y condujo hasta el lugar de la reunión, llegaba algo tarde, pero no importaba, los inversores querían verlo a él.

Aparcó enfrente de la villa en Cerdanyola, un lugar discreto y alejado de periodistas y curiosos, le abrieron la puerta y caminó por la grava poco más de treinta metros. El edificio estaba medio oculto por la maleza, pero su fachada singular le volvió a asombrar, qué pena que su dueño no quisiera venderlo. Subió un par de peldaños y entró en el porche. Antes de que llamara al timbre una mujer del servicio le abrió, no sabía de qué país de América era, pero el traje le quedaba perfecto, acentuando todas sus curvas.

—El señor ya está con el resto en el salón azul.

—Gracias. ¿Cómo es tu nombre?

—Virginia.

El empresario le sonrió y se dejó llevar hasta el salón, aunque conocía perfectamente el camino. Mientras tanto no dejaba de mirarle las piernas y su corta falda negra.

—El señor Rex Ricart ya está aquí —dijo mientras le anunciaba.

—¡Adelante!

Una gran mesa presidía el salón, era de caoba y tenía una docena de sillas. A los lados había varios estantes y en un rincón una butaca y una lamparita para leer junto al ventanal.

—Amigo —dijo el hombre mientras se ponía en pie y comenzaba a presentarle a todos los inversores. La mayoría eran chinos, algunos árabes y un par de hispanos.

—Yo solo soy el constructor y rehabilitador, pero el proyecto es de Rex Inmobiliaria.

—Es una agencia Boutique —le corrigió Rex.

El constructor se sentó y Rex se apoyó en la mesa, pero permaneció de pie.

Una pantalla salió del suelo y antes de que comenzara a hablar apareció un vídeo de Barcelona. Se veían las mejores partes de la ciudad, todos los monumentos emblemáticos y para acabar el Raval, las calles al principio eran normales, pero, de pronto, las fachadas se transformaban y se convertían en unas viviendas de lujo con zonas verdes y un acceso privilegiado al puerto. Aparecía luego el interior de los edificios con los equipamientos más modernos y el lujo más extremo.

En cuanto se quedó la imagen congelada del Raval, Rex comenzó a hablar.

—Lo que han visto no es un sueño, es la realidad. Ya tenemos cuarenta edificios, antes de que termine el año tendremos más de doscientos, en cinco años todo el barrio será nuestro.

Los inversores parecían fascinados.

—Pero…

—Siempre hay peros —dijo el inversor venezolano.

—Sí, así son los negocios, imagino lo barato que le ha resultado comprar media Caracas, cuando regrese el capitalismo será uno de los hombres más ricos del mundo.

—¿Cuál es el pero? —preguntó el árabe en inglés.

—La alcaldesa debe perder las próximas elecciones, es una estúpida y entonces, con uno de nuestros alcaldes, los desalojos se acelerarán.

—¡Estupendo! —exclamó uno de los chinos.

—¿Y si no pierde?

—Perderá —confirmó el constructor.

—La gente que vive en esa zona se irá sin más.

La pregunta del venezolano era exactamente la que esperaba.

—La mayoría de los edificios son de renta antigua, pero sus legítimos dueños no pueden desalojar a esas ratas. Muchos son ancianos y no les queda mucho, pero otros son emigrantes, especialmente de Pakistán. Esa comunidad está algo cohesionada, pero algunos ya han comenzado a ceder. Con el dinero que les damos pueden comprarse una casa mejor en Hospitalet, que allí tienen muchas mezquitas.

—¿Cómo vamos a hacer ese milagro? —preguntó el inversor mexicano.

—Esa gente es muy supersticiosa, verán que hay una maldición sobre el barrio y no les quedará más remedio que salir de allí corriendo.

Los inversores comenzaron a aplaudir, si el plan se llevaba a término, sus ganancias serían muy numerosas, ya habían hecho cosas parecidas en Londres y ahora lo estaban consiguiendo también en París. Barcelona no iba a ser una excepción.

9. TURNO DE NOCHE

Nazia tenía los peores turnos de la comisaria. Siempre había imaginado que la policía cumplía una serie de reglas, pero como en todos los sitios, lo único que hacían era favorecer a un pequeño grupo de policías afines al comisario, que parecía el dueño absoluto de la comisaría. Ella no cumplía dos requisitos imprescindibles, como eran ser amigo del comisario Rosales y hombre. El comisario estaba chapado a la antigua y decía que las mujeres en el cuerpo lo único que habían traído era problemas.

Aquella noche le tocaba de nuevo con Fermín, que tampoco estaba en el círculo íntimo del jefe.

—¿Ya se encuentra tu padre en casa?

—Sí, el sargento sabía que lo que estaba haciendo era ilegal.

—Sí, pero no vas a denunciar a un compañero, si lo haces ya estarás vetada para cualquier ascenso el resto de tu vida. Mi padre y mi abuelo han sido policías de toda la vida, pero en Sabadell, aquí las cosas funcionan de otro modo.

—¿Por qué no te quedaste allí?

—Pues no te lo vas a creer, no quería que la gente pensara que por ser hijo del comisario me iba a favorecer en algo, aunque cualquiera que conozca a mi padre sabe de sobra que nunca será así.

—Creo que es como el mío —dijo Nazia sonriendo.

Al principio a ella le había costado entablar una relación laboral con los compañeros. En su comunidad las mujeres y los hombres se separaban en la adolescencia y a los únicos miembros del género masculino que había tratado eran a sus hermanos, padre y algún tío.

—¿Has descubierto algo del caso?

La pregunta de Fermín le pilló por sorpresa.

—¿Por qué piensas que estoy investigando?

—Creo que ya te conozco un poco. No vas a dejar que esto quede impune.

Ella se ruborizó un poco.

—Tienes mucho valor, ojalá fuera como tú, pero aunque lo intento no me sale.

—Te prefiero tal y como eres.

Ahora fue él quien se ruborizó un poco.

—Entonces, ¿has mirado algo?

—Tengo poco, la pintada esa en la trastienda, la de los dragones y una inmobiliaria que quiere comprar edificios y locales por la zona.

El chico se quedó pensativo.

—¿Y qué vas a hacer?

—No sé por dónde tirar, nunca he hecho una investigación.

Fermín la miró apartando un segundo la mirada de delante y en ese momento escucharon un golpe.

Unos chicos corrían después de haber reventado un escaparate para robar algunas baratijas, seguramente para vender a algún turista borracho.

Los dos policías salieron corriendo detrás, ambos estaban en buena forma, pero Fermín era mucho más alto y se adelantó a ella.

Los ladrones se dividieron y cada uno corrió por una calle. Ella siguió al de la izquierda. El Raval era un laberinto de callejuelas y, aunque ella lo conocía a la perfección, sabía que en cualquier momento podía perderlo de vista.

El chico torció por una calle aún más estrecha, ella le estaba alcanzado, pero al entrar en la calle no vio a nadie, parecía como si se lo hubiera tragado la tierra.

—¡Mierda! —exclamó mientras apoyaba las manos en las piernas y tomaba algo de aliento.

Parecía una noche tranquila, pero eso en su barrio era casi imposible y, a medida que pasaban los meses, la inseguridad no dejaba de aumentar.

De repente sintió que alguien se le acercó sigilosamente por la espalda y la agarró por sorpresa. Ella intentó liberarse, pero el ladrón la tenía bien pillada. Le comenzó a faltar el aire, pero aprovechó que el chico aflojó un poco y le gritó algo en árabe. El ladrón se asustó, Nazia aprovechó y logró derribarlo y se colocó sobre su espalda mientras lo esposaba.

—No, por favor, mis padres.

Ella le giró la cara y vio que era apenas un crío.

—¿Qué mierdas haces en la calle a estas horas y robando?

—Me han pagado, nos pagan.

Ella frunció el ceño.

—¿Quién os paga?

—La gente de la corbata, los de los trajes.

Nazia le miró, después se levantó de su espalda y le ayudó a incorporarse.

—¿Por qué os pagan?

—Para que robemos, quieren que la gente del barrio se marche.

Los ojos de la policía parecían casi salírsele de las órbitas.

—¿Por qué os ayudas?

—Odio este lugar, prefiero irme. El Raval apesta.

La mujer reflexionó un momento.

—Te voy a dejar ir, pero me quedo tu teléfono. Mañana te lo devolveré, ven a las doce enfrente de Sant Pau del Camp.

—No puede hacer eso.

—¿Prefieres que te lleve a comisaria? Solo quiero hablar contigo, pero no me fío.

El chico salió corriendo y ella se guardó el teléfono, después caminó hasta la calle principal hasta que se topó con Fermín.

—Se me ha escapado en el último momento.

—A mí también —contestó Nazia, aunque no le gustaba mentir.

Los dos regresaron al coche.

—Te veo pensativa. ¿Estás bien?

Nazia sonrió. El resto del servicio fue más tranquilo, aunque en su cabeza a lo único que daba mil vueltas era cómo encontrar a esos tipos de traje.

10. COMPAÑERA

Jorge siempre había tenido éxito con las mujeres, no era algo que le preocupara mucho, pero de alguna manera comenzaba a cansarse de ir detrás de unas y de otras. Amalia era una chica nueva, tenía el pelo rojo y unos grandes ojos verdes, se había fijado en ella desde el principio. Además estaba en Cultura y, a diferencia de otras secciones, las de Cultura solían ser más interesantes que el resto, aunque, cumpliendo muchas veces el tópico, menos guapas.

—Hola —le dijo Rebeca mientras se acercaba a su escritorio. En la mesa tenía el libro de su abuelo y lo tapó de inmediato con unas hojas.

—¿En qué trabajas? No será *Top Secret*.

—Un encargo de Jordi, pero estoy empezando. Aunque no sé por dónde comenzarlo.

—¿Es sobre libros? He visto el que escondías.

—No exactamente, es más bien sobre… —bajó la voz— dragones.

La chica pareció interesarse aún más.

—Como *Juego de Tronos*.

Jorge hizo una mueca.

—Perdona, me imagino que es por lo del símbolo de Barcelona, yo soy de Granada, pero no soy tonta.

Le encantaba su suave acento del sur.

—Dragones y arquitectura, los símbolos que hay por toda la ciudad. El libro es de mi abuelo, de un arquitecto del siglo XIX, pero no me entero de nada, todo parece muy enigmático y hay referencias a cosas místicas.

—¿Místicas?

—Historias de dragones medievales y esas cosas, pero con otros textos misteriosos.

—¿Quieres que quedemos después del trabajo y lo vemos?

Jorge se dio cuenta de que estaban teniendo una cita.

—Vale, ¿dónde?

—En Les 4Gats, allí tienen otro dragón en la entrada.

Él había ido hacía tanto tiempo que no se acordaba de aquel detalle.

Regresó a casa y se preparó para la cena, guardó su libro en la mochila y salió a toda prisa hacia el restaurante. Su padre le observó desde la ventana, después se acercó a la estantería de los libros prohibidos y se dio cuenta de que la puerta de la librería estaba abierta. Sabía que aquello era el peor de los presagios y maldijo a su padre por ser tan imprudente y a su hijo por no entender que había cosas del pasado que era mejor dejar atrás.

2º PARTE: DRAGONES

11. NEGOCIOS

Nazia observó el imponente edificio desde la otra acera, nada que ver con las casas de su barrio. La sede de la inmobiliaria era espectacular y estaba situada en una de las mejores zonas de Barcelona. No podía pedir una cita con el dueño ni personarse como policía, por lo que había decidido presentarse a un puesto de vendedora con una identidad falsa que le había facilitado su amigo William, un dominicano más listo que el hambre, que se buscaba la vida como podía.

Era de noche, pero aún tenía otra parada antes de regresar a casa y descansar un poco.

Fue a la casa de Fátima, su esposo no regresaba hasta tarde del trabajo, era conductor de Uber.

En cuanto llamó al timbre y su amiga abrió la puerta vio más claramente los moratones.

—¡Qué sorpresa!

—Pasaba cerca y quise venir a visitarte.

La mujer dudó unos segundos, su marido era muy especial y no quería soliviantarlo.

La casa estaba muy ordenada y limpia, los niños más pequeños estaban durmiendo y los mayores jugando un poco con la Play.

—¿Quieres un té?

—Sí, por favor.

El té era una de esas cosas que adoraba. Su amiga llegó poco después con una bandeja de plata, la tetera y unas tazas.

Nazia saboreó el té, no había otro igual.

—No sé cómo lo haces, pero es mágico.

Fátima se sonrojó un poco. A su amiga le costaba reconocer en ella a la adolescente un poco rebelde que soñaba con ser escritora y viajar.

—¿Qué tal estás?

—Bien, muy liada con tanto niño, pero tengo una vida tranquila.

Nazia no quería incomodarla, los moratones le habían preocupado mucho.

—He visto las marcas. Ya sabes que no tienes que soportar malos tratos ni humillaciones. Puedo ponerte en contacto con los Servicios Sociales que te ayudarán.

—Estoy bien, me he golpeado varias veces, soy muy torpe.

Nazia dio otro sorbo al té.

—Quiero que tengas mi teléfono, si sientes que te encuentras en peligro o quieres denunciar me llamas de inmediato a cualquier hora. ¿Lo has entendido?

Fátima tomó el papel y comenzó a llorar.

—Soy feliz, pero no es sencillo. No nos llega el dinero y yo no puedo trabajar por los niños. Todos no somos como tú, me pareces muy valiente, pero la mayoría nos conformamos con una vida tranquila.

Nazia sonrió.

—A mí me gustaría ser madre y tener muchos hijos, me encantan los tuyos. Simplemente lo haré en otro momento, cuando encuentre al hombre adecuado. Ser madre no es ninguna deshonra. Espero que tengas una vida muy feliz.

Fátima pareció relajarse un poco.

—¿Cómo se encuentra tu padre?

—Bien, pero ha dicho que quiere venderlo todo, el local y el piso, también cree que lo mejor es que nosotros hagamos lo mismo. En el Raval ya no se puede vivir. Los narcospisos, la delincuencia, la suciedad y las casas cada vez más viejas y que nadie se preocupa por ellas convierten el barrio en un infierno.

Nazia se quedó sorprendida, la familia de Ahmed era una de las más conocidas de la comunidad pakistaní, si ellos vendían otros muchos iban a seguir su ejemplo.

—Dile a tu padre que haga lo mismo —comentó Fátima.

—Mi padre es muy cabezón, esa tienda es su vida.

—Pues a veces vale más la vida que perderla por un local.

Nazia se despidió de su amiga, no estaba muy segura de que fuera a hacerle caso, pero al menos lo había intentado. Lo que más le sorprendía era que Ahmed quisiera irse del barrio, tenía que decírselo a su padre de inmediato.

12. CENA

Cuando Jorge se paró en la entrada del restaurante Els 4Gats no pudo evitar levantar la mirada y observar al dragón que sujetaba el farol. Su formar era clásica, con el cuello largo, las alas parecidas a las de un murciélago y una lengua que sobresalía anticipando la llamarada.

—¿Lo has visto? —Escuchó a su espalda y cuando se giró se quedó petrificado. Rebeca llevaba un vestido verde sin mangas que resaltaba su figura.

—Hola.

—Parece que hubieras visto a un fantasma. ¿Creías que no tenía piernas?

—Estás guapísima, te lo digo con tu permiso.

—No te preocupes, no te voy a denunciar.

—¿Por qué pondrían un dragón justo en la puerta?

—Bueno, a los dragones cada cultura les ha dado un valor distinto. Para las culturas orientales significan lucha, fuerza, incluso creen que es el guardián del universo que los protege del caos.

—Pero en la cristiana no es así —dijo Jorge, que tenía una familia muy católica.

—No, en nuestra cultura suele ser un signo maléfico, una representación demoniaca.

—¿Cómo sabes tú tanto de dragones?

—Entramos y te cuento, es una larga historia.

En cuanto traspasaron el umbral de la puerta se pararon a observar todos los detalles. Retratos antiguos, lámparas redondas de estilo medieval, las mesas de mármol con patas de hierro y en el salón principal una curiosa balconada que recorría toda la planta.

—La he reservado arriba, para que tengamos buenas vistas —comentó Rebeca.

Subieron las escaleras y el camarero los dejó en su mesa.

—Bueno, ¿qué te parece?

Jorge le sonrió.

—Estuve hace tanto tiempo que apenas lo recordaba, pero me encanta.

—Este edificio tiene mucha historia. El local se inauguró en 1897, con el estilo gótico que tanto le gusta a los barceloneses. Aquí solían venir todos los artistas modernistas de la época. De hecho, los impulsores fueron pintores.

—¿Pintores abriendo un restaurante?

—Bueno, ha sido muchas cosas, desde cabaret hasta cervecería, pero cuando se reabrió en 1970, fue como restaurante.

—¿Estuvo cerrado?

—Rebeca sonrió.

—Parezco yo la barcelonesa.

—No te lo vas a creer, pero a mi familia no le gustaba venir al centro, la única que me traía a veces era una tía abuela, pero murió cuando era muy pequeño.

—Eran un poco "cayetanos".

Jorge frunció el ceño.

—No te molestes, no es un insulto, mi familia

también es adinerada. A veces es una condena que uno debe asumir con cierta resignación, aunque en otras nos favorece mucho. ¿No?

—Imagino.

—Te estaba contando que lo fundaron pintores como Ramón Casas, Pompeyo Gener o Santiago Rusiñol, aunque el que lo regentaba era Pere Romeu i Borràs, un pintor frustrado, pero muy conocido en Barcelona, porque siempre estaba en todos lados, ya fuera en tertulias o en exposiciones de amigos. Es aquel del fondo amarillo.

Rebeca señaló uno de los cuadros de la pared.

—Pareces una enciclopedia.

—Ahora te explico el misterio, cuando llegué a Barcelona mi intención era escribir una novela, iba a tratar de Barcelona como la ciudad de dragones. Una especie de *Juego de Tronos* a la española, pero en cuanto se me terminó el dinero y mis padres me anunciaron que no me iban a financiar más, comencé a trabajar en un burger y más tarde encontré el trabajo del periódico.

—Te habrá dado rabia al ver que me daban este artículo a mí, tú estás mucho más preparada.

Rebeca sonrió y su frescura volvió a dejarle desarmado, era la chica más interesante que había conocido en los últimos años.

—No me importa, el trabajo en el periódico es temporal, algún día seré escritora.

Jorge miró sus ojos verdes y todo alrededor comenzó a difuminarse.

—Nunca había conocido a nadie como tú.

Por primera vez Rebeca pareció ruborizarse.

—Centrémonos, el local se inspiró en uno de París llamado Le Chat Noir, pero le quisieron añadir la broma de que no vendría mucha gente. Ya sabes lo que significa "cuatro gatos". Cuando investigué el tema me encontré que al parecer una de las tertulias se llamaba: *Els germans del drac,* (los hermanos del dragón).

Jorge lo apuntó en su teléfono.

—¿Sabes quiénes pertenecían a la tertulia?

—Varios arquitectos famosos, algunos pintores e intelectuales.

—¿Tenían alguna ideología?

—Eran artistas, pero la mayoría querían la independencia de Cataluña.

—Muy interesante todo.

—Mientras investigaba tuve acceso a un hombre muy excéntrico, de noventa y ocho años, él conoció a algunos miembros de aquella tertulia. Estaba muy mayor, pero imagino que sigue vivo. Se llama Pascal Gorina, vivía muy cerca de aquí. Mañana puedo acompañarte y le hacemos una visita.

—Muchas gracias por tu ayuda.

Les sirvieron la cena y el resto de la noche la conversación discurrió por temas más triviales. Al terminar los dos enfilaron la salida.

—Bueno, muchas gracias por todo.

—Ya tenía ganas de hincarte el diente —bromeó la chica.

Se dieron dos besos y cada uno se marchó por su camino, pero apenas habían caminado unos pasos cuando se giraron a la vez, corrieron el uno hacia el otro y se besaron. Ella le invitó a su apartamento, se lanzaron sobre el sillón, pero justo en el momento álgido, ella le apartó.

—No puedo seguir, lo siento.

Jorge se sentó jadeante al lado.

—Vale, lo siento.
—No has hecho nada, pero no puedo.
El chico se vistió y la miró de pie.
—¿Quieres que me vaya?
—Sí, mañana nos vemos en el trabajo.

El chico cogió la chaqueta y bajó las escaleras de madera, al llegar al portal pidió un Uber e intentó asimilar todo lo que había sucedido. Se dio cuenta de que con Rebeca había ido demasiado rápido, pero esperaba que las cosas no se hubieran torcido del todo.

13. MARROQUÍ

Nazia no tuvo que esperar mucho, el chico apareció para recuperar su teléfono.

—Ya estoy aquí. ¿Me vas a devolver el teléfono?

—Todavía no, necesito que hagas un par de cosas.

—Pero...

—Nada de peros, el trabajo es muy sencillo. Quiero que llames a esos tipos trajeados y que quedes con ellos aquí en media hora, y tendrás que decir a tus amigos que se terminó lo de robar en el Raval.

—Nuestras familias necesitan dinero.

—No me cuentes batallas, robáis para compraros buenos teléfonos y ropa de marca.

—Capitalismo —bromeó el ladrón.

—Si no me haces esos dos favores te llevaré a comisaría.

—Soy menor —contestó chulesco.

—Al centro que te mandaré no te va a gustar, te lo aseguro.

—Está bien.

El chico hizo la llamada y después se fue con el teléfono.

En media hora entraba de servicio, se fue a la comisaría y en cuanto salieron a patrullar, ella le pidió a Fermín que fueran hacia el viejo monasterio.

—Para.
Los dos hombres estaban puntuales.
—¿Qué sucede?
—Esos son los que van comprando locales, creo que tienen algo que ver con la agresión de Ahmed.
Fermín aparcó a un lado y los dos caminaron hasta los dos hombres trajeados.
—*Bon dia* —dijo Nazia.
Los dos hombres eran tal y como los habían descrito, parecían casi gemelos.
—¿Ustedes estuvieron en el local de Ahmed hace dos días?
—Hemos estado en casi todos los locales y en muchos pisos —dijo el que parecía tener la voz cantante.
La mujer sacó el teléfono y les enseñó las fotos del hombre.
—¿Nos está acusando de algo? Váyase a poner multas por ahí.
Nazia contó hasta diez antes de contestar.
—Sé que han mandado a críos para que roben, será mejor que se marchen del barrio o aténganse a las consecuencias.
Fermín los miraba alucinado sin entender nada. En cuanto los hombres se alejaron le preguntó.
—¿A qué ha venido eso?
—Es una de las pistas, una inmobiliaria de lujo, quiero colarme en ella para investigar.
—Te has vuelto loca, te echarán de la Guardia Urbana.
—No voy a quedarme con los brazos cruzados.
—Pero ¿crees que una inmobiliaria pegaría esas palizas y dibujaría dragones? No me cuadra.
Nazia parecía enfadada.

—Pillé a uno de los ladrones la otra noche y me ha contado cómo esta gente los contrata para que roben y asusten a los vecinos.

—Vale, pero ¿por qué dibujar un dragón? No le veo el sentido.

—Ahmed dijo que esos hombres llevaban un tatuaje en la espalda, seguramente sea el dragón que tanto te preocupa.

—Eres muy cabezona, pero ya sabes que estoy dispuesto a ayudarte.

—¿Y arriesgar tu placa?

Fermín se limitó a entrar en el coche, no quería discutir, aunque posiblemente ella tenía razón, él no estaba dispuesto a llegar tan lejos.

El jefe recibió una llamada y se puso furioso, levantó el teléfono y llamó a su contacto en la comisaria.

—¡Para qué mierdas te pago! Dos agentes están acosando a mis hombres.

—No es posible Yo mismo he designado el caso a una persona de confianza.

—¿De confianza? Les han advertido que no pasen más por allí. ¿Qué se han creído? Soluciónalo de inmediato.

—Está bien, pero en otra ocasión que tus hombres no lleguen tan lejos.

—¿Mis hombres? Ninguno de los míos ha hecho eso. Tenemos métodos más efectivos y menos violentos.

—¡Joder, pensaba que...!

—No te pago por pensar, para los pies a los dos policías. Es una mora y un tipo callado.

—Ya sé quiénes son —comentó el hombre mientras contenía su ira.

En cuanto colgó el policía se quedó pensativo. Había pensado dejar el caso sin resolver, pero si no era el dueño de medio Raval, ¿quién había hecho aquella salvajada?

Levantó el teléfono y ordenó al sargento que se presentara en su despacho.

—Neutraliza a Nazia y a Fermín.

—Con Nazia no hay problema, pero Fermín, su padre es comisario.

—Me importa una mierda, como si es presidente de la Generalitat.

—Ok, jefe —dijo Valentín con una media sonrisa, era la orden que estaba mucho tiempo esperando, no quería ratas en su comisaría y esa paki era precisamente una rata.

14. PATRÓN

La mañana había sido demasiado tranquila, tras el último incidente que salió en los periódicos hizo que los vecinos prefirieran quedarse en casa y no salir sino para coger lo imprescindible.

Abbas tenía una pequeña tienda donde vendía telas. Su familia llevaba en aquel oficio once generaciones, pero las cosas en Pakistán estaban cada vez peor y por eso decidió trasladarse a Barcelona. No llevaba mucho en el barrio, poco más de dos años, pero gente de toda la provincia venía a comprar sus telas, que eran de mejor calidad que las del resto y mucho más baratas.

Trabajaba solo, tenía el sueño de traer a su familia, pero antes quería que el negocio diera beneficios. A veces soñaba con abrir más locales por la ciudad, convertirse en un hombre rico y olvidar tantas vicisitudes.

Miró el reloj y vio casi la hora de comer, salió a la calle, no se veía ni un alma, bajó la persiana a medias mientras recogía sus cosas para irse a comer al restaurante de un amigo.

Escuchó un ruido y se sobresaltó, miró por toda la tienda, pero no vio nada extraño, pero cuando se fue de nuevo hacia la puerta de la calle otro ruido le hizo girar la cabeza. No vio venir el primer golpe y con el segundo cayó inconsciente al suelo.

—No han entendido el mensaje, pero tú ayudarás a explicarlo mejor —dijo el hombre. Después tomó una barra de hierro y le golpeó hasta hundirle el cráneo. Abbas no sintió dolor, pero sus sueños quedaron aplastados en aquel local lleno de telas de colores.

El hombre se acercó a la pared más grande y volvió a escribir el mensaje. Esta vez con la sangre de Abbas:

No voldràs despertar el drac.

En cuanto la patrulla entró en la comisaria el sargento se acercó a ellos.

—Hemos recibido una denuncia.

—¿Una denuncia? —preguntó extrañada Nazia.

—Sí, de dos empleados de una inmobiliaria a los que habéis amenazado. Estáis suspendidos de empleo y sueldo mientras se realice la investigación.

—Pero, sargento…

—No se hable más. Dejad las armas y ya os avisarán los de asuntos internos.

Nazia no hizo el más mínimo comentario, simplemente se fue a su taquilla y lo dejó todo allí.

—¡En qué lío me has metido!

—Lo siento, no pensé...

—¿No pensé? Precisamente hay que pensar antes, por tu chulería estamos los dos de patitas en la calle.

—No será nada, declararé que toda la culpa es mía.

—Es que es tuya, joder.

La mujer se quedó sorprendida por el

comportamiento de su compañero, aunque sabía que la policía lo era todo para él.

Se fue malhumorada de la comisaria, en cuanto llegó a las ramblas llamó a Ulises para que la asesorase.

—Ya estoy en casa, pásate y hablamos.
—Ok.

Apenas había colgado cuando pensó que tal vez no fuera una buena idea. Se sentía atraída por el abogado, pero no quería dar el paso. La habían educado de una determinada manera y no se sentía aún preparada para superar todos los tabúes que tenía en la cabeza.

Llegó al domicilio que estaba en un lujoso edificio del siglo XIX, subió por el ascensor acristalado y llamó a la puerta. Ulises le abrió con un simple pantalón y una camiseta, no con el atuendo elegante a la que le tenía acostumbrado, pero así parecía mucho más sexy.

—¿Qué te ha pasado?

El hombre se acercó al bar y se sirvió una copa.

—¿Quieres tomar algo?
—Limonada.
—Chica sana, me gusta.

La policía le contó lo sucedido.

—Es demasiado drástico, como mucho os merecíais un expediente sancionador, es lo que se hace cuando alguien comete una falta.

—¿Puedo recurrir?

—Todavía no es un asunto judicial, es interno. Tienes todo el derecho a reclamar, pero ten en cuenta que entonces el departamento te vetará para ascensos y procurará que te echen.

—Vaya mierda.

—Sí, lo es, pero funciona igual en todos los lugares corporativos, por eso se aprovechan.

Nazia miró al bar.

—Ponme un poco de vodka con naranja.

—Pensé que no bebías, como eres…

—No lo suelo hacer, pero necesito un trago.

El abogado se lo sirvió y se sentó en el otro extremo del sillón.

—¿Entonces?

—¿Lo hiciste? —le preguntó el abogado.

La joven afirmó con la cabeza.

—Pues te toca asumir y no cometer el mismo error.

Nazia bebió varios tragos y después dejó el vaso en la mesita.

—Gracias por todo, me marcho.

—Ya sabes que puedes contar conmigo para cualquier cosa.

Al despedirse se fueron a dar dos besos, pero uno terminó rozándoles los labios.

—Lo siento —dijo Nazia.

—No importa.

Mientras bajaba las escaleras sintió lo excitada que estaba, pero no era una buena idea enrollarse con su abogado. Además, solo sentía pura atracción física.

Llegó a su casa y justo cuando iba quitarse la ropa y darse una ducha su padre llamó a la puerta.

—¿Qué pasa?

—Han matado a Abba, alguien le ha reventado la cabeza en su tienda.

La joven se volvió a vestir y se fue con su padre para ver lo que había sucedido. No les dejaron acercarse mucho, pero dentro del local vio claramente la frase y el dragón. Estaban ante un verdadero asesino, no un simple especulador *inmobiliari,* se dijo mientras su padre le ponía una mano sobre el

hombro.
—*Allah yarham*. Que Dios tenga misericordia.

15. TODO ESTÁ BIEN

Jorge se había pasado leyendo toda la noche el enigmático libro sin encontrarle mucho sentido, pero por la mañana, cuando entró en la diáfana redacción se sintió incómodo. Se dirigió directamente a su mesa y se puso a escribir. No tardó mucho en notar que alguien tocaba su espalda.

—¿Cómo va ese artículo?

Era su jefe el que le miraba a menos de un palmo de la cara.

—¿Qué? —contestó aturdido.

—El artículo.

—Estoy todavía investigando, me pregunto si lo podríamos sacar la semana que viene.

Jordi frunció el ceño.

—No, será esta, para el dominical. Tienes tiempo de sobra.

—¿Le puedo hacer una pregunta?

—Dime, pero date prisa que tengo que hacer una cosa.

—¿Por qué quiere que haga un artículo sobre este tema?

—¿Tengo que darte explicaciones?

—No señor, me refería a cómo se le ocurrió.

Jordi se acercó un poco más.

—Por el aniversario.

Jorge parecía totalmente sorprendido.

—¿Qué aniversario?

—Será mejor que sigas investigando, todavía te veo muy verde con el asunto.

—Me ayudaría saber cuál es el enfoque, el tema es muy amplio.

—Cuando llegue el momento lo comprenderás.

Apenas se había alejado el jefe cuando se le aproximó la arpía de su supervisora.

—No sé qué tramas, pero no saldrá bien. Ellos se sientan allí y nosotros aquí, en algún momento debes decidir de qué bando estás, pero jamás serás uno de los suyos, aunque tu familia sea catalana de toda la vida y burguesa.

Tardó en concentrarse, su mente no dejaba de dar vueltas. Miró todas las fechas que coincidían con el domingo. Eran muchísimas, pero intentó centrarse en España y en los últimos doscientos años. Apenas nada.

—Hola, ¿me estás evitando?

La pregunta fue tan directa que le dejó fuera de juego.

—No, no he parado desde que he llegado.

—Bueno, lo de ayer me ha pasado otras veces. Al principio me lanzo, pero la verdad es que me cuesta hacerlo si no conozco más a la otra persona. Me gustas pero todavía…

—Vamos a tomar un café.

Jorge tenía la sensación de que todo el mundo les estaba escuchando.

—No te preocupes, pensé en ti, en cómo te sentirías.

—¡Qué mono!

—Bueno, nos vemos esta tarde en la casa del hombre ese.

—¿Prefieres que comamos y nos vamos desde allí? Hago unos espaguetis muy buenos.

—Es una oferta tentadora.

—Pues a la salida nos vamos.

Rebeca se fue bailando y canturreando una canción.

Jorge la miró fascinado, no estaba seguro de si estaba tratando con una loca o con el ser más especial del mundo. Aunque él sin duda apostaría por lo segundo.

16. MUERTO

Nazia llamó a Fermín, era al único que podía acudir, aunque temía que no le cogiera el teléfono después de la última discusión.

—Hola, soy...

—Ya sé quién eres y porqué llamas, me he enterado de lo del asesinato en el Raval. El año pasado asesinaron a 67 personas en Cataluña, la mayor parte en Barcelona. Somos policías municipales, Nazia.

—En la pared del local han puesto la misma frase, quien mató a Abba es el mismo que agredió a Ahmed.

Se hizo un largo silencio.

—Bueno, la policía nacional se hará cargo, sale de nuestra jurisdicción, lo siento.

Cuando colgó Fermín, Nazia se dio cuenta de que estaba sola. Ya no le parecía tan buena idea pedir trabajo en la inmobiliaria, aunque eso no eximía a los especuladores de extorsión y amenazas contra los vecinos del Raval.

Nazia se encerró en su cuarto y comenzó a buscar información en su ordenador. El caso tenía que ver con dragones y hacer despertar al dragón. En algún sitio se tenía que mencionar, pero ni rastro. Sabía había muchos símbolos en Barcelona co pero no sabía a quién le podía preguntar. Mientras buscaba más información le saltó un hombre que llevaba toda la vida investigando sobre el tema. Se llamaba Pascal Gorina.

—Tendré que comenzar por ahí —dijo, tomó la mochila y salió a la calle.

Le gustaba mucho caminar por la ciudad y en menos de cuarenta minutos se encontraba frente a la casa. Era un edificio muy antiguo en el Barrio Gótico. Tocó el timbre pera nadie le abrió, empujó la puerta y entró sin dificultad.

—¿Señor Pascal Gorina?

Su voz retumbó en la sala en penumbra, buscó un interruptor y apenas unas bombillas brillaron en el altísimo techo. Comenzó a subir por una escalera con formas góticas que se alzaba a la derecha, mientras contemplaba una vidriera que por la hora ya no estaba muy iluminada, y donde se representaba a San Jorge luchando contra el dragón.

"Muy oportuno" pensó mientras seguía ascendiendo hasta llegar al piso de arriba y descubrir dos puertas de madera, una al lado de la otra de color rojo, aunque ya apenas les quedaba pintura. Se decidió por la que tenía más cerca.

—¿Se puede? Disculpe, soy policía y quería hacerle unas preguntas.

Un hombre, con el pelo blanco como el algodón, la piel sin muchas arrugas pero seca y fina como la de papel cebolla y los ojos brillantes, medio ciegos, levantó la cabeza.

—Buenas noches, pensé que vendría antes. Ya estoy muy viejo para trasnochar, bueno ya estoy muy viejo para todo. Este siglo no me gusta, estoy deseando partir de este mundo.

—Buenas noches, ¿podría hacerle algunas preguntas?

—Ya me las está haciendo.

—Es sobre una frase que he visto escrita: *No voldràs despertar el drac.*

El hombre comenzó a toser después de que la policía le dijera la frase.

—¿Dónde ha visto esa frase?

—En una pared, al lado de un cadáver.

—Ha vuelto a empezar —comentó el hombre con un rostro aterrorizado.

—¿El qué ha vuelto a empezar?

En ese momento entraron en la sala Jorge y Rebeca, Nazia se dio la vuelta asustada.

—¿Qué hace aquí? —le preguntó Rebeca.

—¿Quiénes son ustedes? —preguntó Nazia.

—Las preguntas las hacemos nosotros.

La mujer sacó su placa y todos se quedaron en silencio.

17. ATURDIDO

El abuelo lo recordó todo de repente, siempre había escuchado las viejas historias, pero también las advertencias de que no debía contar nada por el bien de todos. "El bien de todos". Aquella expresión siempre le había hecho gracia. Él había sido un hombre honrado toda su vida. Jamás había sobornado a nadie ni aceptado un euro de nadie. No creía en esa especie de cadena de favores que desde tiempos inmemoriales favorecía siempre a los mismos, como si de una casta especial se tratara.

—¿En qué piensas? —le preguntó una voz que entraba por la puerta. No se había dado ni cuenta de que estaba completamente a oscuras.

—A mi edad ya no se piensa, solo se recuerda. El futuro no existe y el presente es una estúpida consecuencia de días que no llevan a ningún lado.

—¿Por qué no disuadiste a Jorge? Pensé que le preferías a él, que veías en él lo que nunca viste en mí.

El viejo levantó la vista y vio la figura difuminada de su hijo. Le recordó de niño con sus mofletes regordetes y rosados, pensó en el adolescente delgado y peleado con el mundo, con el joven soñador y apasionado, pero ¿quién era ahora su hijo?

—Tuve tres hijos, en realidad cinco, pero dos se

fueron demasiado pronto. Tú fuiste mi primogénito, me fascinabas, deseaba pasar tiempo contigo, transmitirte todo lo que sabía de la vida, pero a ti, por alguna razón, nunca te interesó.

—Estaba siempre ocupado trabajando.

—Tu abuelo se arruinó.

—Pero podías haber acudido a ellos.

—¿Cómo hiciste tú para prosperar? ¿De quién es todo lo que posees? ¿No lo entiendes? Ellos jamás ayudan, simplemente atan a los demás con cadenas invisibles de favores. ¿Ese es el mundo que quieres para tu hijo?

—Lo que no quiero es que aparezca muerto en cualquier parte.

Los dos se quedaron callados.

—A veces se puede estar muerto y seguir caminando como si nada.

—Eso es lo que piensas de mí.

El abuelo se puso en pie con dificultad.

—Puede que estés a tiempo, esa gente te pidió tu alma, pero eres libre de recuperarla de nuevo.

—Nunca lo has entendido, ¿verdad? Son simples negocios.

—Me recuerdas a Fausto cuando intentaba negociar con Mefisto. Siempre has deseado juventud, sabiduría y belleza, la de una mujer que nunca te correspondió. Nunca he visto a un ser tan infeliz como tú, deja que él sea libre.

Por primera vez se escuchó un llanto.

—Viejo loco, lo estás lanzando a la muerte, pero yo lo evitaré, te lo juro.

El hombre se fue dando un portazo y el viejo pensó en las palabras de su hijo. ¿Podía ser la verdad tan peligrosa? Toda esa gente llevaba más de cien años jugando con el miedo y la ambición de la gente, era hora de que alguien los parara. Él había sido un cobarde, lo único que se había atrevido a hacer había sido escapar de sus redes. Tal vez debía dejarse de acertijos y contarle todo a Jorge, mostrarle el peligro al que se enfrentaba, aunque eso le hiciera mucho daño y supiera la verdadera historia de su familia.

18. PALABRAS

El anciano no sabía a quién mirar, le había llamado Rebeca, la joven con la que había estado hablando un año antes, pero aquella policía era una completa desconocida. Al principio la había confundido, su mente ya no era como antes. Cada vez las sombras se extendían más en su cabeza y lo único que le dejaban era algunos recuerdos.

—Soy policía, venía a hablar con el señor Pascal Gorina, el mayor experto en los dragones de Barcelona.

—¿Por qué le interesa a una policía los dragones de Barcelona? —preguntó Rebeca.

Nazia le enseñó las fotos, después hizo lo mismo con Jorge.

—¿Han matado a dos personas? —preguntó Jorge.

—No, solo a una, pero la otra está grave. En los dos casos pusieron la misma frase.

"No voldràs despertar el drac".

Pascal se estremeció de nuevo al escuchar esas palabras.

—Creo que esto les interesa a todos —dijo el anciano y los tres se sentaron alrededor.

—¿El qué, maestro?

—Estuviste mucho tiempo viniendo y te conté lo

de la tertulia de Els 4Gats y otras anécdotas, pero no te conté toda la verdad. Lo que había pasado desde hacía mucho tiempo y el desastre que vino después.

Jorge puso en marcha la grabadora y la voz pausada del anciano comenzó a sonar como un susurro en aquella vieja sala, casi tan vieja como el mundo.

—Las últimas posesiones españolas fueron muy lucrativas para los catalanes. En cincuenta años del siglo XIX se transportó desde África a Cuba a más de medio millón de personas. Entre 1827 y 1887 casi se triplicó. Durante cuatrocientos años los españoles habían llevado a la isla unos 700 000 esclavos, pero en algo menos de sesenta años se llevó a la isla oficialmente unos 400 000, aunque en realidad superaron los 600 000.

—¿Por qué se llevó a tanta gente esclava? —le preguntó Jorge, aunque se había prometido no interrumpirlo.

—Lo primero, porque el transporte y la venta era un negocio muy lucrativo. Personajes como Antonio López de Lamadrid se hicieron inmensamente ricos con el comercio. Este cántabro siempre se sintió catalán, donde realizó la mayor parte de sus negocios. Era amigo íntimo de Alfonso XII que lo nombró marqués de Comillas. Sí, él fue el artificie del palacete y todo lo que hay en aquella hermosa ciudad, todo construido sobre la sangre de los esclavos negros llevados a Cuba. Aunque la mayoría de los que se enriquecieron con la trata eran catalanes de pura cepa, de las familias más renombradas en la actualidad como los Vidal-Quadras, Goytisolo, Samà, Xifré y otros muchos. A la sombra de estas familias medraron las de los capitanes de los barcos negreros, los intermediarios, que eran grandes inversores Barcelona del siglo XIX como Josep Carbó. O enriquecieron sin moverse de Barcelona como e de Josep Vidal-Ribas.

—Es increíble —dijo Rebeca, que en sus anteriores investigaciones no había abordado nada de esto.

—Pero hay muchos más, la familia Mas como Juan Mas Roig, que llevaba esclavos a Brasil y Cuba. Decía Honorè Balzac que detrás de cada gran fortuna había un delito, todos estos hombres estaban unidos por un gran número de delitos, pero la pérdida de Cuba y Puerto Rico terminó con todo aquello. Familias como los Rencurrell, los Conill Puig, los Sarrá o los Catalá, tenían fábricas de tabaco, farmacias, droguerías. Los Camp, los Rovira, los Massó y José Albuerne eran dueños de muchas de las mejores destilerías de ron de la isla. Por no hablar de bancos, de navieras y todo tipo de negocios.

—¿Qué tiene que ver esto con los dragones? —-preguntó Nazia impaciente, pues no entendía la conexión.

—Esos hombres invirtieron su dinero, manchado por la sangre de los esclavos, pero además, cuando se perdió Cuba y Puerto Rico, aunque se quedaron afónicos pidiendo que España no perdiera su perla más preciada, en el fondo era porque veían que sus negocios iban a desaparecer. Empezaron a pedir un país independiente y en esa llevan más de cien años. Comenzó en el sexenio revolucionario, pero creció mucho más tras el desastre del 98. Primero se agruparon en el federalismo, pero más tarde, cuando el catalanismo tomó fuerza, se aliaron a este movimiento. Surgió al calor de este fervor la Lliga

Regionalista o Unió Catalanista, en la tertulia comandada por los hermanos dragones. Eran unos artistas idealistas, la mayoría trabajaba para estas familias ricas y querían una Cataluña grande e independiente. Se les comenzaron a unir los ricos y transformaron la tertulia en una sociedad secreta. Los dragones lograrían dominar toda Cataluña, aunque para ello tuvieran que emplear cualquier tipo de recurso. Aquellos hombres no querían un país en libertad, lo que deseaban era su cortijo para enriquecerse mucho más.

—¿Esa gente estaría dispuesta a matar?
—Sin duda.

19. DRAGONES

El juez miró los informes y de inmediato llamó al maestre.

—Alguien está metiendo la pata.

—No podemos hablar de esto por teléfono. Le espero en una hora en mi casa.

Lluís Jover recibió al juez que se sentó en el sillón de al lado. Este le contó lo sucedido y el hombre resopló varia veces.

—¿Cómo es posible? Ahora que vamos a conseguirlo, que queda tan poco. ¿Son de los nuestros?

—No lo sabemos, puede que sí, hay facciones un poco extremistas.

—Encima ponen dragones como a finales del siglo XIX y en los años treinta.

—Vamos a llegar hasta el fondo y parar a quien sea.

—Está bien, pero debo reunir a la asamblea de ancianos. En unos días habremos firmado el acuerdo, eso nos deja las manos libres para volver a intentarlo y esta vez no vendrá la policía ni la Guardia Civil.

En cuanto se quedó a solas, Lluís utilizó el sistema cifrado. Ante cualquier emergencia, todos los miembros debían reunirse de inmediato. El lugar era siempre el mismo, tenían una sala secreta en los sótanos del castillo de los Tres Dragones. Tras la restauración del edificio en los años ochenta, se había incluido aquella habitación secreta.

El primero en llegar fue el gran maestre, Lluís se colocó la ropa ceremonial y esperó a los otros seis miembros.

—¿Por qué nos ha convocado con tanta brevedad?

—Tenemos un problema.

El hombre les enseñó la frase en las dos escenas del crimen.

—Tienen que encargarse los mossos, son de los únicos que podemos fiarnos —dijo uno de los hermanos.

—Pues desde el referéndum les cuesta hacernos favores —comentó otro.

—Ahora que estamos tan cerca nada puede fallar —dijo Lluís.

Votaron por unanimidad organizar una investigación secreta de los mossos.

Lluís se marchó con uno de los hermanos, y en el coche comenzaron a hablar.

—Me he enterado de que alguien quiere hacer un artículo sobre nosotros.

—¿Cómo? Nadie sabe que existimos.

—Ya sabes, siempre hay algún listo.

—Pues que lo paren de inmediato.

—Así se hará.

20. EL CAUDILLO

El anciano parecía agotado, pero ellos necesitaban saber más.

—Entonces, los hermanos del Dragón eran artistas que se reunían para hablar de cultura y después de nacionalismo, pero los empresarios los usaron para controlar más Cataluña, aunque imagino que la Guerra Civil desbarató todo eso —dijo Rebeca.

—Los hermanos del Dragón comenzaron a cometer crímenes contra personas destacadamente españolistas, pero todas se atribuyeron al anarquismo. Eran muy astutos y sabían que la única forma de sobrevivir era que el mundo desconociera su existencia. Por eso lograron sobrevivir también al franquismo. Al principio muchos se pusieron al lado de la República, pero otros muchos vieron venir a los extremistas que terminaron por nominar las calles de Barcelona y otros municipios. Nadie obedecía al gobierno de la Generalitat.

"El banquero March, que era mallorquín pero catalanistas y apoyó al bando franquista. Se creó el Tercio de Montserrat. Franco perdonó la vida de la gente importante, de los empresarios y los poderosos, que se hicieron más ricos aún después de la guerra, pero que aparcaron sus ideas hasta mejor momento".

—Hasta la transición —apuntó Jorge.

—Exacto, yo conocí la existencia de los hermanos del Dragón en aquellos años, pensé que era un grupo antifranquista más, pero a medida que los fui conociendo me di cuenta de que no era así. Se trataba de una sociedad secreta.

—¿Por qué el dragón?

—La leyenda de San Jorge y la victoria sobre el dragón. Es increíble que se considere un santo catalán. En realidad era un soldado romano que se convirtió al cristianismo, luchaba junto a Diocleciano y fue un héroe en la batalla contra la ciudad de *Libiade Silca,* llamada la Rabia del Dragón, de allí partió la leyenda. Mató a un dragón para salvar a las doncellas que le entregaba la gente del lugar, pero al confesarse cristiano delante del emperador, este lo mandó asesinar.

"En España se le empezó a venerar en Aragón, donde ayudó a las huestes cristianas a recuperar Huesca en el año 1096. Su veneración terminó convirtiéndole en patrón de Aragón y más tarde de Cataluña".

—¿Por qué dice que eran violentos? —preguntó la policía.

—Siempre lo han sido, pero pocas veces han dado la cara. La primera vez fue a finales del XIX, cuando se perdió el estado federal tras la caída de la Primera República, el segundo en plena Segunda República y el tercero en los setenta, pero no había vuelto a escuchar un crimen atribuido a ellos desde entonces.

—¿Qué significa la frase?

—Despertar al dragón es hacer que toda su furia se desate. Parece, que en este caso, contra los infieles de nuevo. Al principio la élite veía mejor la llegada de extranjeros que de españoles de otros lugares, pero ahora están preocupados. Quieren que se produzca una lucha racial.

Nazia parecía asombrada, pero sabía que las comunidades podían soliviantarse por mucho menos. Los musulmanes en Cataluña eran un polvorín que podía estallar en cualquier momento.

21. UNA MUJER

No había pasado ni un día, pero los periódicos comenzaban a echar más leña al fuego, todo el mundo hablaba de "el dragón", como un asesino que estaba sembrando el terror en el Raval. Nunca había habido tanta policía en el barrio, por eso el hombre tomó sus precauciones.

Se aproximó a la zona del puerto, allí por el contrario había menos policía, las calles ya estaban oscuras, pero todavía se veía algún turista despistado y a barceloneses que corrían a sus casas después de una dura jornada. Entonces vio su objetivo. Una joven vestida con el pañuelo, justo lo que iba buscando y encima estaba sola.

La joven se metió por una calle y el hombre aprovechó para acelerar el paso, debía alcanzarla justo en el callejón, allí nadie los vería.

La chica oyó unos pasos en su espalda y aceleró los suyos, pero el hombre fue más rápido. La atrapó con un brazo y con la otra mano le tapó la boca. La arrastró hasta el callejón y la giró para que le viera los ojos.

La mirada aterrorizada de la chica no le produjo la más mínima compasión, se reproducían como ratas, pensó y por eso había que exterminarlos.

—¿Por qué no te has quedado en tu puto país? Nadie te quiere en Cataluña.

La chica murmuró algo, pero la mano presionaba sus labios.

—Te ha tocado, pero piensa que mueres por una buena causa.

El hombre le partió el cuello con facilidad, había sido militar muchos años. Después dejó el cuerpo en el suelo y puso en la pared la inscripción. Ya quedaba poco para que todo saltara por los aires. Terra Lliure, dijo entre labios y salió corriendo.

22. UNA COPA

El libro había permanecido todo el rato en su mochila, Jorge no se atrevió a sacarlo para enseñárselo, pero tampoco a decir a aquel hombre quién se lo había entregado. En cierto modo prefería no saber la verdad, sentía que, de alguna forma, podía destruirle. Derribar todo lo que tenía algo de sentido en su vida.

—Lo que quiero que sepáis es que hemos vivido una gran mentira, que un grupo de hombres y mujeres llevan manipulándonos durante décadas, aunque en el fondo siempre han luchado por sus intereses espurios.

—¿No es igual en el resto de España? —preguntó Rebeca.

Nazia se cruzó de brazos, a ella no le interesaba todo aquel repaso a la historia de España, lo que estaba sucediendo en su barrio es que se estaban perdiendo vidas.

—Bueno, sin duda en todos lados, muchos dirigentes preeminentes defienden los intereses de los poderosos antes que los del pueblo o simplemente ponen sus ideales por delante de las personas. Esa es la historia de la humanidad, pero me habéis preguntado por los hijos del Dragón, ellos tienen un pecado del pasado que prefieren que no salga a la luz.

Jorge al final sacó de la mochila el libro y lo colocó en la mesa. Los ojos del anciano se iluminaron como si hubiera recuperado su visión por completo.

—¡Dios mío, chico! ¿Quién te ha dado ese libro?, no creo que haya más de dos o tres libros iguales en el mundo.

Lo aferró con cierta avaricia y temor reverente al mismo tiempo, como si estuviera escrutando un gran tesoro y un arma peligrosa, capaz de terminar con su alma mortal.

Jorge no supo qué responder a sus preguntas.

—¿Quién te ha dado el libro? *La ciutat dels dracs* de Lluís Domènech i Montaner.

—Bueno, es de mi abuelo.

El hombre abrió sus pequeños ojos velados por las cataratas.

—¿Cómo se llama tu abuelo?

—Manel Vila Sant Cugat —dijo muy despacio, como si le costara sacar las palabras de su garganta.

—¿Vila?

El anciano soltó el libro de repente, se puso muy nervioso, sus manos temblaban.

—Será mejor que se marchen de aquí, ya he dicho todo lo que tenía que hablar.

—Pero maestro —dijo en tono suplicante Rebeca.

—¡Márchense de aquí! Han traído el mal al interior de esta casa. Su sangre está maldita, joven. No puede hacer nada para cambiar eso.

Nazia se puso en pie y se acercó al anciano.

—Pero yo tengo que saber más sobre los crímenes.

—Lea ese maldito libro, en él se habla de los sacrificios de sangre y expiación, para limpiar la tierra sagrada del dragón. Algunos hijos del Dragón están pensando que en la actualidad Cataluña está pagando por sus pecados y hay que liberarla de alguna manera.

—¿Cómo va a estar la solución de un crimen en un viejo libro? —contestó la mujer policía.

—Por favor, márchense de aquí y dejen a este pobre viejo descansar en paz. Ya no me queda mucho, he cumplido con mi misión, ya no puedo hacer más.

Los tres se encaminaron a la puerta, el suelo chirriaba bajo sus pies, se volvieron y observaron que el anciano parecía mucho más viejo, como si aquella conversación le hubiera consumido las últimas fuerzas.

Bajaron por la escalinata en silencio y se acercaron a la salida. En la calle se miraron, en el fondo eran casi tres desconocidos a los que el destino había encargado una misión que ni siquiera comprendían.

—Necesito leer ese libro.

—No puedo dejárselo, es de mi abuelo.

La tensión crecía por segundos.

—Bueno, creo que es mejor que lo discutamos tomando algo, estamos todos demasiado nerviosos. Ni siquiera sabemos a qué crímenes se refiere —dijo Rebeca intentando calmar los ánimos.

Los tres entraron en una cervecería cercana que no estaba muy concurrida. Pidieron algo para picar y unas cervezas y comenzaron a compartir información.

—No había escuchado nada de esos crímenes en el Raval —comentó Rebeca sorprendida.

—Es normal, lo que sucede en mi barrio no interesa mucho a los medios de comunicación, para ellos somos poco menos que escoria que se merece todo lo que le suceda, pero los vecinos somos tan víctimas de la violencia como cualquier catalán con los ocho apellidos catalanes. Yo nací en Barcelona y no me considero de ninguna otra parte —comentó Nazia y, en ese momento, se dio cuenta de las pocas relaciones que había tenido con gente fuera de su comunidad. En ocasiones por miedo, otras por rechazo y la mayoría por simple comodidad.

—¿Te puedo tutear? No puedo dejarte el libro, pero puedes venir mañana todo el día a mi casa y leerlo allí.

—Tengo que quedarme con mi padre esta noche, pero mañana por la mañana…

—¿No vas a dormir? —preguntó sorprendida Rebeca.

—Unas tres horas y después iré a su casa, a medianoche, si no hay incidentes, podemos dormir un poco.

Los tres estaban levantándose para despedirse cuando Nazia recibió un mensaje en el móvil.

—¡Dios mío!

—¿Qué sucede? —le preguntaron a la policía, su rostro había palidecido de repente.

—Hay una nueva víctima y es una mujer joven. Ha aparecido el mismo símbolo del dragón y la misma frase.

23. SACRIFICIO

La puerta de la calle rechinó y el sonido recorrió todas las estancias de la casa. Un hombre subió con pasos sigilosos hasta la primera planta. Abrió la puerta y se quedó mirando al anciano, sentado en su butaca a la tenue luz de una lámpara de mesa.

—Sabía que no tardaríais en acudir, pero no pensé que serías tú en persona.

—Hace tiempo que tenía que haber hecho esto, cuando te conocí hace cuarenta años.

—Entonces tú eras un chiquillo y yo un periodista conocido. Tenías tanto hambre de conocimiento, pero veo que ya te has saciado.

El hombre se acercó al anciano y sacó de su bolsillo un cable.

—Será rápido, casi sin dolor.

—No tengo miedo al dolor, sé que al otro lado encontraré un mundo mejor en el que no existe gente como tú.

—La gente como yo somos un mal necesario. Deberíamos hacer como los antiguos persas, dejar cinco días sin un gobierno fuerte, para que todos supieran el precio de la anarquía. Nosotros sabemos mantener el mundo en orden y paz.

El anciano estaba preparado, en ese momento, sin

previo aviso, lanzó una botellita al suelo que provocó una pequeña explosión y un fuego comenzó a extenderse con rapidez.

—Creo que no voy a ser el único en irse al más allá esta noche.

—¡Viejo loco! —gritó el hombre dando un brinco, y que corrió hacia la entrada. El fuego le siguió a toda velocidad, como si deseara devorarlo para siempre.

—¡Despertad al dragón! ¿No os gusta el fuego y la sangre? Despertad al dragón para que alguien acabe con él de una vez y para siempre.

El hombre corrió escaleras abajo, el fuego se extendía ya por la escalinata y logró salir por la puerta a tiempo. El anciano cerró los ojos y en sus labios sonó una sencilla oración antes de que el fuego lo consumiera todo por completo. El polvo regresaba al polvo de donde había salido, para que el mundo siguiera su lento movimiento hasta que todo estuviera consumado por fin.

24. NOCHE DE LOCOS

Nazia llegó a la comisaría cuando varias unidades salían para el lugar de los hechos. La segunda víctima en cuarenta y ocho horas si no se contaba a Ahmed. Temían que comenzaran disturbios en el barrio y la onda expansiva llegara a toda Cataluña. Nazia fue con su compañero Fermín, pero apenas se dirigieron la palabra hasta llegar al Raval.

—Lo siento, pero no podía hacer otra cosa. Estamos suspendidos y nos han llamado porque hay una emergencia, pero este trabajo es todo para mí. Nací para ser policía.

—¿Crees que para mí es un juego? Llegar a donde estoy me ha costado mucho más que a ti. Soy pakistaní, musulmana y mujer. ¿Cuántas hay en el cuerpo? Mi gente me desprecia y la tuya también, soy una paria.

—Lo sé, lo siento, pero…

—Ha muerto otra persona. ¿Qué es más importante tu carrera o las personas que dices proteger? Estoy harta de que muchos policías lo único que quieran sea ascender. Estamos aquí para dar nuestras vidas por la gente, nos guste esa gento o no.

—Tienes razón, tienes razón.

Llegaron hasta el cordón policial, la multitud se

agolpaba y se escuchaban gritos y quejas.

—Esto se va a desmadrar —dijo Nazia preocupada.

—¿Tú crees?

En ese momento se acercó el sargento y los miró con los brazos cruzados.

—Están aquí porque es una emergencia, pero su situación es la misma. ¿Entendido?

—Sí, sargento —dijeron los dos casi al unísono.

—La mayoría es gente de los suyos, quiero que tome el megáfono y les diga en su idioma que se marchen a casa que la policía local y los mossos se van a encargar de todo.

—La mayoría entiende el español.

—¿Qué español ni hostias? Dígales que se dispersen o tendremos que mandar a los antidisturbios.

Nazia se sintió entre la espada y la pared. Mucha de la gente que se agolpaba eran mujeres, ancianos y niños. Tomó el megáfono y se subió al lateral de un coche policial. Comenzó a hablar en urdu, aunque en sus país había decenas de dialectos.

—Por favor, dejen a la policía trabajar y márchense a sus casas. Necesitamos reunir pruebas y puede que muchas se pierdan por las pisadas y las huellas de la gente.

La multitud pareció encenderse aún más. Algunos comenzaron a arrojar botellas, piedras y todo lo que encontraban a mano. Los policías se protegieron con escudos, pero las primeras filas intentaron romper el cerco, actuaban como una manada excitada por el miedo y la furia, más que como simples personas.

El sargento tomó el teléfono y pidió a los antidisturbios que entraran en acción, pero antes de que llegaran Nazia se puso sobre un coche y a habló de nuevo.

—¡Por favor, hermanos!, los niños y las mujeres, además de los ancianos, pueden salir malheridos. ¡Nosotros buscaremos al culpable y pagará por todo lo que ha hecho! ¡Qué Alá os guarde!

Al escuchar el nombre de Dios pararon en seco, se miraron unos a otros y terminaron por alejarse del cordón y poco a poco se dispersaron.

Nazia se bajó del coche y el sargento la miró con desprecio, mientras el resto de sus compañeros la aplaudían.

La joven se acercó a su compañero y este le guiñó un ojo.

—¿Puedo reconsiderar lo de ayudarte?

—Me lo tendré que pensar —contestó la joven sonriente.

Los mossos llegaron al lugar de los hechos y enseguida pidieron a la Guardia Urbana que se retirase.

El sargento se acercó a los dos jóvenes.

—Ya no se les necesita, dejen sus uniformes en comisaría.

Fermín parecía algo decepcionado. En cuanto se alejaron comenzó a despotricar contra el jefe.

—Acabas de salvarle el culo y mira cómo se comporta.

—¿Qué más da? Mi padre siempre dice que es mejor no esperar nada de nadie y así no te decepcionas.

—Eso es imposible.

La chica se encogió de hombros.

—Tengo una pista sobre los asesinatos, pero quiero que tú hagas algo. Que te pases por la inmobiliaria, creo que no tienen nada que ver con esto, pero sí con la extorsión y amenazas a personas.

—Ok.

—Gracias, Fermín.

Se cambiaron en la comisaría y cada uno se fue a su casa, mientras Nazia regresaba a casa no podía dejar de pensar en todo aquel día. Tenía la sensación de que la vida se le había concentrado en apenas unas horas.

Al llegar a casa su padre le abrió la puerta como si la estuviera esperando.

—¡Padre! ¡Qué susto!

—Te estaba esperando. Quería decirte… —su voz tembló y después dejó que se le escapasen algunas lágrimas—. Que tu madre estaría muy orgullosa de ti, de la persona en la que te has convertido.

Nazia se quedó inmóvil, como si quisiera grabar aquel momento a fuego en su memoria. Se fundieron en un abrazo, mientras las lágrimas comenzaron a brotar de sus ojos.

—Te quiero, papá —le dijo por primera vez en mucho tiempo; no se había dado cuenta de cuánto necesitaba volver a sentirse una niña en su regazo.

Rebeca y Jorge se dirigieron al metro, pero antes de separarse ella le tomó de la mano.

—Quiero que vengas a casa.

—¿Estás segura?

—Sí.

Unos veinte minutos más tarde estaban en el apartamento de Rebeca, se quitaron los zapatos y ella le dio un beso.

—Quiero que nos quedemos juntos toda la noche, estar cerca de ti. Entendería que no te apetezca.

—No se me ocurre nada mejor que hacer que estar a tu lado.

Los dos se rieron. Se quitaron la ropa y se metieron en la cama, pasaron la noche sin decir nada, ella en su regazo y él, por primera vez en su vida, sintiendo que encajaba, que alguien parecía haber decidido amarlo, sin importarle sus defectos, incondicionalmente.

El amanecer los encontró en la misma postura. Desayunaron y él se vistió para ir a su casa.

—Gracias.

Le dio un beso y mientras bajaba las escaleras silbando tuvo la sensación de que en realidad flotaba. Por primera vez en su vida, la única persona que le importaba de veras no era él mismo, era Rebeca y eso le hizo sentirse el hombre más feliz del mundo.

25. ROTO

Los mossos había asignado el caso al inspector Sánchez Romero, uno de los más mediáticos del cuerpo. Era un hombre inteligente, pero también fiel, lo suficiente para no sacar los pies del tiesto. Su ayudante era Lola Soler, una joven inspectora mucho menos dócil, pero con un olfato de mil diablos.

—Lola, esto me huele a política. ¿No será un partido de extrema derecha?

Lola se encogió de hombros y tiró el chicle en la papelera.

—Tengo mis dudas, por eso del dragón. Me parece más de secta o algo así. El asesino empleó dos formas similares de agresión, pero esta fue diferente. Puede que se trate de varios individuos. Sus víctimas son musulmanes; delito de odio, intento de asustar a los extranjeros de la zona, puede que venganza…

Sánchez Romero asintió.

—Bueno, esperemos los informes forenses, interroguemos a los testigos, al paki ese y veamos qué pasa. Está bien tener teorías, pero es mejor obtener pruebas.

Lola le sonrió.

—Las dos cosas no son incompatibles.

Los dos inspectores fueron hasta la casa de Ahmed

y le interrogaron, más tarde a la casa de Omar, le pidieron que les contara cómo había encontrado a sus amigos. Les contó también lo de los dos hombres de la inmobiliaria. Tomaron nota y cuando estuvieron en el coche se miraron el uno al otro.

—Creo que debemos visitar a Rex Ricard —dijo Sánchez Romero.

—¿Sin avisarlo previamente?

—No quiero que se invente nada, es mejor pillar a esta gente en frío.

Llegaron a la inmobiliaria al mediodía. Se bajaron del coche y entraron en el edificio. Todo era tan perfecto que Sánchez Romero pensó que aquella gente debía cagar colonia cara y relojes de oro.

—Queremos ver al señor Ricard.

—¿Tienen cita?

Le enseñaron las placas.

—Es un asunto policial.

La recepcionista se puso algo nerviosa y llamó a su jefe.

—Por favor, pasen.

Una joven vestida con traje ejecutivo los llevó por una sala diáfana hasta el despacho del jefe, parecía una casa ibicenca, tenía hasta una pequeña piscina.

—Inspectores, encantado de recibirlos.

—Nadie está nunca encantado de vernos, pero gracias por la consideración.

—Ustedes dirán.

—Dos hombres de traje en el Raval, extorsión, amenazas y agresiones. ¿Le suena de algo? —le preguntó Sánchez Romero que estaba esperando la reacción del ejecutivo.

El hombre los observó con sus ojos azules, la barba corta algo canosa y aquel tono de piel que hablaba de playas de arenas blancas y aguas cristalinas.

—Estamos comprando propiedades por la zona. ¿Acaso es un delito?

—No, señor, pero sí amenazar y extorsionar —le recordó Lola.

—Pues entonces, no tienen de que preocuparse.

—Han muerto dos personas y una tercera ha sido agredida, dos de esas personas recibieron la visita de sus hombres. Demasiadas casualidades. Quiero que los mande a la comisaría hoy mismo. ¿Entendido?

—Colaboraremos con la policía, no se preocupe.

—No me preocupo, el que debería estarlo es usted. Buenos días.

Dejaron el edificio sin mencionar palabra, pero en cuanto estuvieron en el aparcamiento se miraron.

—¿Cómo le has visto?

—Miente —dijo el inspector.

—Y eso qué significa.

—Que algo huele muy mal, muy mal.

Rebeca se levantó algo tarde, esa mañana iba a trabajar en casa. Después de irse Jorge se volvió a quedar dormida. Tomó un café y se puso delante del ordenador. Llevaba los cascos puestos y no escuchó que se abría la puerta. No oyó los pasos que se acercaban sigilosamente hasta ella, tampoco vio el reflejo de un hombre en la pantalla algo sucia de su ordenador portátil, ni siquiera percibió nada cuando el cable pasó delante de su cara, porque apenas fue un destello, pero sí sintió el cable en el cuello, se echó de inmediato las manos a él, también sintió la presión y la falta de aire, notó cómo los ojos se le apagaban, como si alguien le hubiera dado al botón de off y por último una extraña sensación de libertad, de felicidad, de inexistencia. Cerró los ojos y se dejó llevar por una mano, una mano llena de callos, una mano de hombre mayor, su abuelo, que parecía susurrarle al oído: No tengas miedo, pequeña, no tengas miedo.

3ª PARTE: TODO ES NADA

26. PATRIA

El presidente recibió el informe a primera hora, todo aquello podía echar al traste sus planes de adelantar las elecciones. Sabía que el juego de trileros en el que se había convertido la Generalitat era imparable. Poco importaba lo que le sucediera a los ciudadanos, lo único realmente importante era mantenerse en el poder y continuar con su agenda política, una vez que consiguieran la independencia ya se pondrían manos a la obra para construir una Cataluña próspera. En el fondo eran conscientes de que si a la gente le iba mal sería más propicia a realizar aquel experimento político. El presidente creía a pies juntillas que la independencia sería la panacea para todos los males, que en pocos años vivirían como en Suiza, pero en el fondo nada garantizaba aquellas previsiones.

—No quiero una lucha entre etnias en plena Barcelona, ahora que estamos consiguiendo lo que queríamos, esos locos van a lograr que todo explote por los aires —le dijo al asesor.

—Bueno, no creo que la sangre llegue al río. Los pakis son bastante pacíficos comparados con otras comunidades de extranjeros —dijo Alicia.

—Eso espero, pero los que están sacudiendo el avispero son los de extrema derecha y el exiliado en

Bélgica. Creo que a veces no miden las consecuencias de sus actos.
—La prepotencia es lo que tiene, pero nosotros también debemos cambar nuestra política, señor presidente...
—Vamos a elecciones, eso lo intentaremos después, cuando nos validen las urnas. A veces hay que sufrir un poco para ser libres, la historia de la humanidad siempre ha sido así.

27. MALAS NOTICIAS

La criada miró a Nazia de arriba abajo varias veces, lo hizo de manera tan descarada que al final observó su vestido de algodón de color azul, por si tenía una mancha o algo así.

—¿Está todo bien?

—El señorito Jorge…

En ese momento el periodista apareció por detrás de la mujer.

—Gracias, Francisca, ya me ocupo yo.

—Pasa, por favor —le dijo a la policía. No pudo mirarla sorprendido, no le había parecido tan guapa la noche anterior, aunque todo lo sucedido unas horas antes, en muchos sentidos, parecía confuso en su mente.

El joven la llevó por toda la casa hasta la biblioteca, a pesar de ser un edificio del siglo XIX era muy luminoso y la luz intensa del sol le quitaba aquel aspecto gótico de cuento de Edgar Allan Poe.

—Pasa y siéntate, he preparado un té —dijo Jorge señalando una mesita junto a la ventana.

—Me encanta el té —dijo ella y se sentó dejando su bolso a un lado.

Los dos tomaron las pastas y el té como si fueran dos buenos amigos.

—Esta mañana he echado un vistazo al libro, ahora que tenemos algunas claves, creo que comienzo a descifrarlo.

—Espera, antes de comenzar. ¿Has visto la noticia?

—¿Qué noticia? – preguntó extrañado.

—Han quemado la casa del hombre que visitamos ayer.

—¿La casa de Pascal Gorina? No puede ser, estuvimos anoche con él.

La mujer le enseñó la noticia en el teléfono.

—No me lo puedo creer.

—Han encontrado un cadáver calcinado, se cree que es él, pero imagino que tendrá que confirmarlo un forense.

La mano que sostenía la taza de té comenzó a temblarle.

—Estamos jugando con fuego, Jorge. Quiero que lo entiendas, yo soy policía, pero tú no tienes ningún motivo para arriesgar la vida.

—Los periodistas también tenemos esa vocación por la verdad y la justicia, miles de nosotros mueren cada año en todo el mundo, en especial en países con conflictos, pero también en otros que son supuestamente democracias. Tengo material para hacer mi artículo, de hecho ya lo he comenzado, aun así quiero descubrir la verdad. Me importa tu gente.

Ella chasqueó los labios.

—Ese es el problema, no son mi gente o tu gente, son barceloneses, catalanes, aunque de origen extranjero.

—Bueno, me refería...

—Te he entendido, pero el juego de la sociedad es dividirnos por nuestra religión, color de piel, sexo, identidad o cualquier otra cosa, esas barreras terminan deshumanizando al otro, lo que al final nos lleva a la indiferencia hacia el que no es como nosotros.

Jorge la miraba fascinado, el sol resaltaba su piel, más clara de lo que parecía a simple vista, sus rasgos muy marcados de ojos enormes y labios carnosos, el pelo suelto algo rizado. Aunque lo que más le atraía era su fuerza, una especie de energía que emanaba por los cuatro costados.

—Yo siempre he vivido aquí, en los barrios altos, en muchos sentidos creía que el resto no debía ser tan diferente. Nos crían en burbujas y cuando salimos al mundo real, no entendemos nada. Nos ponemos a la defensiva y continuamos sin mezclarnos mucho.

Nazia observó al joven, era atractivo sin ser guapo, masculino sin estridencias, seguro de sí mismo, pero frágil e inocente.

—Vamos al asunto.

El joven sonrió a la policía, esta le imitó y su cara brilló con luz propia.

—En el libro de Lluís he encontrado algunas claves. Habla del Castell dels Tres Dragons, que se hizo para la Exposición de Barcelona de 1888; el constructor fue el mismo Lluís y se inspiró en el libro de Serafi Pitarra que tenía el mismo título. Era una parodia para desmitificar al héroe, todo por conseguir el amor de Flora. Flora es una metáfora de Cataluña, lo que nos dice el autor es que tienen que crear un plan que por medio del engaño salve a la dama prisionera que es Cataluña.

—Me parece muy rebuscado.

Jorge se sintió un poco decepcionado por las palabras de la policía.

—La forma de hablar en el siglo XIX no es como la

nuestra, a ellos les gustaban este tipo de enigmas.

—¿Crees que el asesino está intentado provocar un conflicto que desemboque en la independencia? ¿Es eso lo que quieres decir?

—Sí, cada pueblo puede intentar encontrar su destino, pero no por medio de engaños y para favorecer a una minoría rica.

La chica observó por un instante la inmensa biblioteca de muebles caoba y libros forrados en pie con pan de oro.

—Puede que mi familia pertenezca a esa casta, pero te aseguro que eso no va a influir en mí...

En ese momento sonó el teléfono de Jorge y vio un mensaje de Rebeca.

—Un momento.

Lo leyó brevemente:

"Por favor, ven lo más rápidamente posible a mi casa".

El chico sintió que le daba un vuelco el corazón y le cambió el semblante.

—¿Estás bien?

—Tengo que irme, Rebeca me necesita.

—Te acompaño.

Los dos bajaron al garaje de la casa y tomaron un Mini de la media docena de coches que había. Jorge condujo a toda velocidad hacia el centro y llegaron veinte minutos más tarde. Subieron por el portal a la carrera y al llegar a la casa vieron la puerta entornada. Jorge supo en ese momento que solo podía tratarse de malas noticias y respiró hondo antes de empujar la hoja y entrar dentro del apartamento. Nazia no llevaba su arma, pero sacó una pequeña porra plegable y le siguió unos pasos por detrás.

28. CHISPA

El hombre miró la pequeña mezquita desde fuera, apenas destacaba del resto de los edificios, a aquellas horas apenas había gente, uno de los pocos que permanecían dentro todo el día era el imán. Se puso la capucha de la túnica con la que había ocultado su identidad y entró en el edificio sin dificultad. Miró la amplia sala con las alfombras en el suelo, después la puerta del fondo y se dirigió a ella directamente. Al abrirla vio al imán haciendo sus oraciones.

—No está abierto ahora, hermano.

El asesino se quitó la capucha y el musulmán se dio cuenta de que no se trataba de ninguno de sus feligreses.

—¿Qué hace aquí? ¿Qué quiere? No puede profanar este oratorio.

El hombre se acercó hasta él y sacó un cuchillo militar, el imán se intentó poner en pie, pero no lo logró. El asesino le rebanó el pescuezo de un tajo, pero no terminó ahí, le cortó la cabeza, la tomó por el pelo y la llevó hasta la otra sala, donde la dejó en un lugar visible y escribió en la pared algo con la sangre, dibujó el dragón y se encaminó a la salida con total tranquilidad. No sentía nada, para él sus víctimas eran menos importantes que sacrificar un animal. Tiró la

túnica al suelo y caminó por la calle con las m
los bolsillos, sabía que aquel atentado encend
fin la mecha. Debía correr un poco de sangre para despertar al dragón y que las cosas cambiaran.

En cuanto estuvo en la plaza miró al sol que brillaba en lo alto, se encendió un cigarrillo y se sumergió en la multitud con un regusto a victoria entre los labios y la sensación de que estaba cambiando la historia para siempre.

29. ADIÓS

No vieron nada al principio, pero olieron algo raro, como a desinfectante. El apartamento no era muy grande, por lo que no tardaron mucho en llegar al cuarto. La visión que se plantó delante de sus ojos fue dantesca. Rebeca estaba colgada de la lámpara completamente desnuda, le habían abierto las tripas y dejado que le colgaran hasta el suelo.

Jorge sintió una arcada y corrió al baño, Nazia le siguió y le ayudó a vomitar, ella también estaba revuelta, pero logró controlarse.

—Lo siento mucho —le dijo intentando aguantar las lágrimas. Aquella chica estaba tan llena de vida unas horas antes, que verla así, expuesta como si fuera un animal la llenó de ira—. ¡Encontraremos al que ha hecho esto, te lo prometo!

Jorge se incorporó, estaba blanco, los ojos rojos y una expresión de horror como ella no había visto antes.

—No vuelvas al cuarto.

—Tengo que hacerlo —dijo mientras entraban en la habitación, se detuvo frente a la cama y observó la pintada de la pared, era la misma que en los otros casos, pensó Nazia—. Han sido los mismos asesinos —-verbalizó la policía.

—No —contestó él.
—Es la misma pintada, el mismo mensaje.
—Fíjate bien en los trazos —dijo mientras apartaba la vista del cuerpo de su amiga, no soportaba verla así—, las letras no han sido hechas por la misma mano y el dragón tampoco.
—¿Qué quieres decir?
—Esta no es la misma obra del asesino en serie, la han matado para enviarme un mensaje.
La policía le miró con asombro.
—Me están advirtiendo de las consecuencias si público el artículo y sigo investigando. Soy hombre muerto.
Ella le puso una mano en el hombro, estaba temblando y sudaba mucho.
—¿Qué vas a hacer?
—Sacar ese maldito artículo.
Nazia dio un paso atrás y llamó a la policía, no podían perder ni un segundo más. Tenía la sensación de que la ciudad, tal y como la había conocido hasta ese momento, iba a cambiar para siempre.

30. LOS DUEÑOS DE BARCELONA

Para Sánchez Romero aquella investigación era una verdadera pesadilla, tenía presiones por todos lados. Desde dentro del cuerpo, desde la Generalitat y, sobre todo, la de los amos de la ciudad que preferían quedar en las sombras. Llevaba apenas veinticuatro horas con la investigación y todos ya le pedían resultado.

Lola y él acudieron a un incendio en la parte gótica de la ciudad, aunque su compañera no entendía qué hacían allí.

—Creo que estamos perdiendo el tiempo, no somo putos investigadores de siniestros.

El hombre hizo caso omiso a la compañera y observó las cámaras más cercanas. Se acercó a una tienda que estaba en el edificio de al lado y les pidió que les dejaran visualizar sus grabaciones.

Los dos inspectores y uno de los empleados del establecimiento estuvieron viendo el vídeo a cámara rápida hasta que una mujer joven de aspecto hindú entró en el edificio. Tomaron una instantánea y continuó un rato, seguidamente una pareja entró en el edificio, unas horas más tarde salieron los tres. Pasada media hora el edifico comenzó a arder.

—¿Quiénes son esos? No entiendo nada.

—Tranquila, estuve haciendo mis indagaciones.

En esa casa vivía Pascal Gorina, el mayor especialista en dragones de Barcelona, pensaba visitarlo esta misma mañana y me enteré de su muerte. Justo esas personas entraron en la casa y a los pocos minutos de que se marcharan el edificio ardió en llamas.

—¿Crees que tienen algo que ver con los asesinatos?

—Esa chica parece pakistaní y los otros dos, no sé quiénes son. Ellos están detrás de los crímenes o saben algo que nosotros desconocemos.

En ese momento sonó el teléfono, era la alcaldesa. Prefirió no contestar.

—Me tienen frito.

Pasaremos las imágenes por nuestras bases de datos hasta que nos den la dirección de los tres.

—Solo tenemos las fichas de funcionarios y personas con antecedentes —le recordó Lola.

—Pues crucemos los dedos.

Estaban volviendo al coche cuando le sonó el teléfono de nuevo, esta vez era el jefe.

—¿Qué sucede?

—Otro muerto, el imán de una mezquita del Raval, ahora sí que se va a liar. Han mandado un ejército para allí, pero no sabemos cuánto tiempo van a aguantar. Intentar recopilar todas las pistas posibles.

El hombre miró a su compañera.

—Estamos jodidos, otro fiambre y en una mezquita.

Lola le miró sorprendida antes de entrar en el coche.

—Ahora ya sabemos cuál es la verdadera intención del asesino o asesinos. Lo que quiere es una puta guerra —dijo Sánchez Romero y tras poner la sirena pisó el acelerador a fondo. El coche derrapó hasta llegar a la calle principal y después bajó las ramblas a toda velocidad.

En menos de diez minutos estaban intentando pasar ante la multitud, pero fue inútil, dejaron el coche a un lado. Llegaron con dificultad hasta el cordón policial y entraron en la mezquita después de ponerse todo el equipo para no contaminar la escena del crimen.

—¡Mierda! —exclamó Lola al ver la cabeza.

—El asesino parece que ha aumentado la apuesta —comentó Sánchez Romero, ahora sí que era verdad que el tiempo se les escapaba. Los tumultos comenzaban a extenderse por toda la ciudad y pronto lo harían por todo el país, como unos veranos antes en Francia.

31. COMPAÑERO

Nazia fue astuta y llamó a la Guardia Urbana y se aseguró de que vinieran unos compañeros fiables. En cuanto llegaron se quedaron sin palabras.

—Tomad fotos de todo y haced un informe, creo que desde la comisaria y más arriba quieren cambiar la realidad.

Su compañero Pau la miró sorprendido.

—¿Por qué iban a hacer algo así?

—Haced lo que os pido. Nosotros nos vamos a ir en cuanto nos interroguéis.

Emilio, el otro policía frunció el ceño.

—Todo esto es muy irregular, el sargento y el comisario ya tienen a Nazia ojeriza y no quiero que me expedienten. Nos van a preguntar que por qué no llamamos a la científica y los mossos.

—Joder, ya nos inventaremos algo, hostias. Es una compañera.

Jorge y Nazia salieron de la casa, estaban confusos y no sabían qué hacer.

—Vamos al barrio, allí estaremos a salvo, no creo que te busquen en el Raval.

El chico se dejó llevar, subieron al piso de Nazia, al abrir se encontraron a su padre haciendo la comida. Miró al hombre con cierta antipatía. Su hija nunca había traído a nadie a casa, y menos a un infiel e incircunciso.

—Es Jorge Vila, un amigo, me está ayudando con la investigación del asesinato, está en peligro y creo que es más seguro que se quede aquí. Si le parece bien, padre.

Omar le dio la mano y apretó muy fuerte.

—Bueno, siempre hay un plato para uno más. Los musulmanes estamos obligados a ser hospitalarios.

—Muchas gracias.

Le sentaron a la mesa mientras terminaban de preparar la comida, el olor le daban ganas de vomitar.

—Toma esto.

La policía le dio una infusión y un fuerte calmante.

—Dentro de un rato te sentirás mucho mejor.

El efecto no tardó en llegar, logró relajarse un poco y su estómago se asentó.

En ese momento comenzaron a escucharse muchas sirenas. Omar se asomó a la ventana.

—Van hacia la mezquita —dijo a su hija.

Los dos se miraron asustados. Alguien se había atrevido a profanar el corazón mismo de su comunidad y poner a toda la comunidad en guardia.

—¡Tenemos que ir!

—No, padre, puede ser muy peligroso. Esta vez no lograremos calmar los ánimos.

Omar regresó a sus fuegos, parecía contrariado, pero terminó el pollo cocinado y el arroz y lo sirvió en la mesa antes de sentarse.

Jorge no probó bocado, pero Nazia estaba hambrienta, el estrés siempre le producía la misma reacción.

Después de la comida bebieron algo de café y Jorge logró tomar un par de pastas.

—Tenemos que ir al castillo, puede que allí encontremos respuestas —dijo el periodista.

Nazia asintió mientras bebía a sorbos el café caliente.

—Pero lo haremos de noche, cuando nadie nos vea.

Los dos pasaron el resto de la tarde intentando interpretar el libro de Lluís, aunque Jorge de vez en cuando agachaba la cabeza y comenzaba a llorar. A Nazia le enternecía aquel hombre tan distinto a todos los que había conocido, pero intentó que sus sentimientos no se mezclasen con la misión, sabía que nunca era una buena idea, no quería perder su objetividad y llegar al fondo de aquel asunto, antes de que su comunidad se enfrentara en las calles a la policía. Las consecuencias de los disturbios podían destruir décadas de convivencia pacífica y ellos eran los únicos que podían evitarlo.

32. SOSPECHOSOS

Los mossos llegaron al apartamento de Rebeca media hora más tarde de la partida de Nazia y Jorge, los inspectores tardaron un poco más. Lola se quedó mirando el cadáver de la pobre chica y por primera vez en mucho tiempo sintió que a veces su trabajo le asqueaba.

—No sé cómo aguanto en esta mierda.

—Por la adrenalina que es mejor que el sexo, el alcohol y cualquier droga inventada por el hombre —le dijo Sánchez Romero.

Examinaron el cuerpo, observaron el escenario del crimen y antes de marchase hablaron con el forense.

—No ha sido el mismo —dijo Lola mientras se metía un chicle en la boca, para quitarse el sabor a sangre y muerte.

—¿Cómo lo sabes?

—No me jodas, tú lo has visto como yo. Es un puto imitador que quería colar el muerto al asesino en serie del Raval.

Los dos llegaron al coche y el inspector se paró antes de entrar.

—¿Cómo puedes estar tan segura?

Entraron a la vez y se pusieron los cinturones.

—Diferente zona de actuación, víctima no

extranjera, las grafías no coinciden, diferente forma de ejecutar el crimen y con poco margen de actuación. No es el mismo asesino.

El hombre frunció el ceño, su compañera estaba empezando a ser un problema, le habían pedido que acusara a los chicos, aunque por alguna razón al final se habían cargado a la chica.

—Puede que sean dos asesinos, este segundo parece una obra de una mujer o de un hombre no demasiado fuerte —dijo Lola. Aquella era la oportunidad que esperaba.

—Podrían ser los jóvenes que salieron de la casa. Los tres están cometiendo los asesinatos, pero por celos la otra chica la ha matado.

—No parece un crimen pasional precisamente.

El hombre se encogió de hombros.

—La asesina ha querido imitar las otras ejecuciones, pero al realizarlas no le han salido igual.

Lola hizo un gesto de aprobación.

—Esperemos que el forense nos ponga algo en claro.

El Institut de Medicina Legal i Ciències Forenses de Catalunya se encontraba en Hospitalet, aunque había otro en Barcelona, los cuerpos los estaban estudiando allí.

Al entrar en la ciudad se mascaba la tensión, pero al acercarse al instituto empezaron a ver a bandas de extranjeros destrozando coches y lanzando piedras a la policía local.

—¡Joder, como se está poniendo la cosa!

Aparcaron dentro del edificio y subieron por el ascensor una planta. Cruzaron el pasillo y llegaron al despacho del forense Padilla.

El hombre no levantó la vista de los informes al oírlos llegar.

—Han venido muy pronto, no me ha dado tiempo a terminar los informes.

—La cosa corre prisa, ya sabe cómo están las calles.

—Se escuchan desde aquí las explosiones, pero esto se veía venir, solo era cuestión de tiempo que alguien prendiera la mecha. Cada vez tenemos más trabajo y, aunque la mayoría son miembros de las bandas, no tardará en a afectar al ciudadano de a pie. También han aumentado las violaciones, las agresiones y los robos violentos.

Lola resopló, estaba harta de aquel discursito que no servía para nada. A ellos sí que les afectaba, las leyes eran demasiado blandas, las cárceles hoteles de lujo y a nadie le importaba que el país se fuera a la mierda.

—¿Qué ha visto?

—Seré breve, inspector Sánchez Romero. La primera agresión apenas la he mirado, no había muerto, pero el segundo ataque es idéntico, realizado por el mismo hombre, que además es zurdo, alto, corpulento y rubio.

—¿Rubio?

—Se han encontrado pelos cortos en todos los escenarios, en especial en la mezquita, donde dejó el *Hubba Thobes*.

—¿El qué?

—La túnica musulmana —le contestó el forense a la mujer.

—¿Algún dato más?

—No ha dejado huellas, pero aunque las dejara no parece obra de un delincuente. Creo que es un exmilitar, por la forma de usar el cuchillo y el cable para estrangular. Sus víctimas no tuvieron la más mínima oportunidad.

—¿Era un solo hombre? —preguntó el inspector.

—No estoy seguro al cien por cien, pero yo diría que sí, menos en el caso de la chica.

Los dos le miraron sorprendidos.

—A ella no la he examinado, no se asusten, pero he visto las fotos y ya me trajeron las pruebas que les pedí. El que ha hecho esto no es un profesional. Los cortes son torpes y tiene menos fuerza que el otro hombre.

—¿Podría tratarse de una mujer? —preguntó Sánchez Romero.

—Podría ser, pero lo que es seguro es que es diestro, y mucho más bajo. No tengo más datos.

—Si descubre algo nuevo con el cuerpo de la chica nos avisa, por favor.

—Claro, pero como los asesinatos sigan a este ritmo mi mujer me va a echar de casa, aunque yo no me voy a enterar, llevo casi tres días sin pisarla.

Los dos salieron del despacho, apenas tenían idea de cómo era el asesino, pero era difícil adivinar dónde y cómo volvería a atacar, su única esperanza es que se detuviera un poco, al estar las calles repletas de musulmanes buscándole.

Sánchez Romero tenía una doble labor, buscar al asesino por su cuenta y dejar que Lola se convenciera de que eran el chico y la chica, para después cargarles el muerto.

Un mensaje llegó al teléfono de la mujer.

—La base de datos ha encontrado una de las identidades, es la de la chica. Se llama Nazia Yar, es una guardia urbana de Barcelona, una pakistaní que es del Raval.

El inspector sonrió.

—Eso me da la razón, esos dos están intentando remover a los pakistaníes y a todos los musulmanes.

—Pero ¿si ella es una de ellos?

—Precisamente, seguro que la han castigado por convertirse en policía siendo mujer.

Lola no parecía muy convencida.

—¿Y lo de pintar dragones y la frase?

—Eso lo ha hecho el chico, que lo que quiere es darle un toque misterioso, no me extrañaría que tuviera una profesión literaria.

Mientras Sánchez Romero iba dejando miguitas para que su compañera picara, Barcelona había comenzado a entrar en el caos.

33. INMOBILIARIA

Fermín logró entrar sin mucha dificultad en el edificio de la inmobiliaria, quería acceder a los informes y todo los archivos del ordenador del dueño. Le había prometido a su compañera que le ayudaría. La secretaria le había dejado en un despacho hasta que comenzara la entrevista y le había comentado que iban con retraso, que al menos tardaría quince o veinte minutos. El policía aprovechó para simular que iba al baño y recorrió toda la planta. Por la tarde el edificio estaba casi vacío, la mayoría de los empleados ya había terminado sus jornadas de trabajo. No le costó mucho dar con el despacho del jefe, que era enorme, al fondo de una sala diáfana. Llamó para asegurarse de que no había nadie dentro, después comprobó que la puerta no estaba cerrada con llave y entró. Aquello parecía más un amplio apartamento que un despacho de dirección, pero, como todos, tenía un escritorio, fue hasta él y lo examinó. No había nada sobre la mesa y no tenía cajones. Parecía que estaba solo de adorno, pero entonces vio a un lado un mando. Lo cogió y vio el botón grande y redondo del centro, lo apretó y apareció desde dentro de la mesa un ordenador con su teclado y ratón.

—Joder con los ricos.

Ahora tenía que acceder y eso no iba a ser tan sencillo. Unos meses antes, en la comisaría, les habían estado impartiendo unos cursos sobre acceso a ordenadores. Por eso iba preparado, introdujo un pendrive y descargó un archivo que escaneó el disco duro, buscó las contraseñas y terminó por abrir el ordenador.

—¡Eureka!

Miró el reloj, tenía poco menos de cinco minutos. Miró las carpetas y vio varias con claves de acceso.

—Son estas, seguro.

Al final copió todo por si acaso, retiró el pendrive, dio al botón del mando y el ordenador regresó a su escondite, salió del despacho, atravesó la gran sala y justo, cuando la secretaria estaba entrando en la sala de espera para llamarlo, él ya estaba sentado.

—Señor Planas.

—Me he arrepentido, creo que no me interesa el puesto —dijo mientras se ponía de pie.

—Pero señor Planas.

—Lo siento, no valgo para las ventas.

Fermín salió del edificio y fue directamente a su pequeño apartamento en Sant Antoni. En cuanto estuvo en casa se colocó el pijama y recuperó los archivos en su ordenador.

—Vamos a ver qué tienes por aquí.

Usó otro programa que le habían dado en el curso para abrir archivos con contraseña y comenzó a mirar la información. No tardó en ver pequeños pagos que se hacían a personas con nombres raros. También había pagos más grandes. Figuraban varias empresas que se encargaban de gestionar casas ocupadas y otros pagos eran a personas físicas. Cuando cruzó la base de datos descubrió que algunos tenían antecedentes penales y otros eran trabajadores en sucursales bancarias del Raval.

—Menudo cabrón, está consiguiendo la información por los bancos y sabe a quién apretar más y cuál no venderá por poco dinero.

Subió la información a la nube, mandó una copia a Nazia y después la llamó, pero la policía no cogía el teléfono. Se preocupó, pero después pensó que le devolvería la llamada.

Se calentó la cena en el microondas y se puso a ver una serie de policías, que eran las únicas que le gustaban.

34. EL CASTILLO

Llegaron al Castell dels Tres Dragons que se encontraba en un extremo de la Ciudadela, un conocido parque de Barcelona. El edificio y su entorno habían sido construidos para la Exposición Universal de Barcelona de 1888. Fue uno de los edificios principales, pero, tras la exposición, fue perdiendo interés hasta que se cerró por completo en 1891. En aquel momento el alcalde pidió al arquitecto original que lo terminase, porque se había quedado inacabado por la falta de tiempo y la urgencia de la exposición. La idea era hacer un Museo de la Historia. En la Guerra Civil fue dañado por las bombas, aunque se siguió utilizando como Auxilio Social tras la guerra y más tarde se abandonó o al menos aquella era la historia oficial. Durante todo ese tiempo había tenido siempre una zona en funcionamiento, justo en los sótanos secretos del edificio que no se podían localizar en los planos. Tras la reforma, el arquitecto que también pertenecería a los hijos del Dragón había mejorado las instalaciones y dotados sobre todo de una ventilación más adecuada, pero nadie fuera de la organización conocía los entresijos para entrar a la zona secreta.

Nazia y Jorge se quedaron hasta ú... encerraron en la sala de limpieza y no... que el edificio estuvo completamente e...

Salieron de la sala con la esperanza de que... hubiera detectores de movimiento, pero como apenas era usado y únicamente albergaba una biblioteca para expertos, nadie se había molestado en poner espaciales medidas de seguridad. Bajaron al sótano y revisaron todo bien, pero no se veía ningún acceso secreto.

—Esto no va a ser tan fácil como creía —dijo Nazia.

Jorge aún parecía impactado por lo que le había pasado a Rebeca.

—Me tienes que ayudar, no puedo hacerlo sola. Tenemos que encontrar a los que han matado a tu amiga.

El periodista se quitó la mochila sin mediar palabra y sacó el libro.

—La respuesta tiene que estar aquí. En un capítulo Doménech menciona algo que no había entendido hasta ahora.

—Mira lo que dice aquí:

"Los dientes del dragón se clavan en los cuerpos de las doncellas y sus escamas brillan ante la luz de la luna. Únicamente un héroe puede vencer al dragón y entrar en sus entrañas".

Miraron a su alrededor y vieron un mural en el que estaba representado Sant Jordi luchando contra el dragón. Comenzaron a repasarlo con los dedos hasta que se dieron cuenta de que había una pequeña hendidura, apretaron y se abrió una puerta. Empujaron y lograron pasar, pero esta se cerró a sus espaldas con un golpe seco.

La ciudad del dragón

Encendieron la linterna de los teléfonos y comenzaron a caminar por un pasillo, al fondo había tres puertas: una daba a una especie de vestuario llenos de túnicas y otros utensilios; en la de enfrente había unos archivos antiguos y la puerta central estaba cerrada con llave.

Buscaron en los archivos.

—Están los nombres de todos los miembros desde su fundación en el siglo XIX —dijo Nazia.

Había familias muy conocidas, algunas de las más distinguidas de Cataluña, otras algo menos famosas.

Jorge buscó su apellido y encontró las de su familia. Se quedó la carpeta en la mano sin atreverse a abrirla.

—¿Quieres que lo haga yo?

El hombre afirmó con la cabeza.

Tras leerla se la entregó. Jorge vio los nombres de su bisabuelo y tatarabuelo, el de su abuelo estaba, pero después lo habían tachado y puesto un signo misterioso, el último era el de su padre.

Miró a la policía y se echó a llorar. Él era otro de los hijos del Dragón.

35. GENERALITAT

Las turbas llegaron delante del ayuntamiento y de la Generalitat a la Plaça de Sant Jaume, la policía había intentado taponar todas las entradas, pero había sido en vano. La dirección de los mossos y la Guardia Urbana dijo a sus agentes que retrocedieran hasta los edificios de gobierno de la ciudad y de la comunidad autónoma. Esperaban enviar más refuerzos, pero los disturbios se extendían por toda la ciudad y la provincia, también había algunos en Tarragona y Girona capital.

La alcaldesa se asomó a la ventana y vio a la multitud que lanzaba de todo a la policía y no dejaba de avanzar.

El responsable de seguridad entró en ese momento en su despacho.

—Tenemos que desalojar el edificio, señora alcaldesa, no creo que la Guardia Urbana resista mucho más, hay treinta agentes heridos y el resto aterrorizados.

—¿Por dónde? Estamos rodeados.

—Hay un túnel que parte de aquí y otro desde la Generalitat, es el que usó Lluís Companys para escapar en 1934.

La alcaldesa se quedó sorprendida de que nadie le

hubiera contado nada. El jefe de seguridad la llevó hasta los sótanos, entraron en un cuarto que parecía lleno de trastos, pero escondida había una puerta por donde salieron a un pasillo poco iluminado, a medio camino se encontraron con miembros del gobierno que venían del otro edificio, entre ellos el presidente.

La alcaldesa al verlo se detuvo a su lado.

—¿No ve lo que ha pasado por su culpa? —le increpó.

—Por mi culpa, usted es la que ha dejado la ciudad a la deriva y sin casi policía todo este tiempo.

Mientras los dos políticos discutían en las cloacas, los manifestantes entraron en los edificios y arrasaron con todo lo que encontraban a su paso, sin importarles que fueran obras de arte valiosas e irremplazables. Los alborotadores parecían ciegos de odio y de ira, como si toda la rabia contenida durante años la hubieran sacado todos a la vez y ya nada fuera capaz de detenerla.

36. PRUEBAS

El sargento miró el teléfono, las noticias le saltaban por todas partes.

"Al final todas las ratas han salido de sus nidos", pensó el hombre. Se sentía muy satisfecho, su plan había surtido efecto. Él era uno de los hijos del Dragón del grado más bajo, el de caballero, pero los de arriba no se atrevían a cambiar las cosas.

Después miró los localizadores, Fermín estaba en su casa, pero el de Nazia estaba en la sede de su logia. En el corazón mismo de la Casa del Dragón.

—Será zorra, lo ha descubierto todo. Verá mi ficha —se dijo mientras dejaba de golpear a los manifestantes y tomaba el camino hacia el castillo. Había aprovechado las vuelta de los dos policías a comisaria para instalarles unos localizadores en las chaquetas que siempre usaban.

Dudó unos instantes, pero pensó que era mejor ir primero a por Fermín que estaba muy cerca.

El sargento tomó una moto de la comisaria y salió hacia la casa de Fermín. No tardó mucho en llegar, apenas unos diez minutos. Sabía perfectamente cuál era la casa, entró en el portal y llamó a la puerta. Fermín le abrió y le observó sorprendido.

—Señor, no le esperaba.

—Estaba por la zona, la ciudad está en medio del caos y necesitamos a todos los efectivos. Cámbiate y sígueme.

El joven se fue a su cuarto a cambiarse, pero el sargento le siguió, aprovechó que estaba de espaldas, sacó su cuchillo y le cortó el cuello. Llevaba guantes y no tuvo que borrar sus huellas, se limitó a pintar en la pared y dejar al muerto encima de la cama. Ahora tenía que atar el último cabo suelto y su obra estaría completa.

Lola no tardó demasiado en descubrir que el hombre que buscaban era un joven periodista llamado Jorge Vila. Le pasó la información al compañero y, para quitársela de encima la envió a la casa de la familia. No creía que el chico se encontrara allí, pero aquella tarde, mientras iban de un lado para el otro, cayó en la cuenta. El asesino se movía con impunidad por todos lados sin levantar sospechas, era rubio, fuerte, había estado en el ejército y ahora Sánchez Romero estaba seguro de haber dado con él.

Fue a la comisaría, pero le dijeron que se había marchado con una moto oficial unos minutos antes. Todas tenían geo localizadores, por lo que gracias a una aplicación podía seguirlo mientras usara aquel transporte.

—Se está moviendo —dijo en voz alta mientras tomaba el coche y comenzó a seguir al individuo.

Media hora más tarde estaba aparcado enfrente del Castell dels Tres Dragons. Se bajó del coche y cruzó la calle, comprobó que una puerta lateral estaba forzada y entró por ella con sigilo. No lo pensó mucho y se dirigió al sótano, mientras sacaba su arma reglamentaria. Llegó justo cuando se escuchó un crujido, como el de una puerta pesada al cerrarse, comprobó las paredes, pero no había puerta. Comenzó a buscar alguna puerta secreta. Aquel maldito sargento tenía que haberse metido en alguna parte, no se lo había podido tragar la tierra.

37. LOLA

Manel estaba en su cuarto cuando vio el coche de policía pararse enfrente de la casa, él no tenía nada que temer, pero su hijo sí y, aunque se hubiera convertido en un canalla no dejaba de ser su hijo. Del coche salió una sola persona vestida de paisano y se tranquilizó. Aquello significaba que simplemente querían interrogarlo, no sabían nada. Cerró las cortinas de su habitación y se acercó a la escalera para poder escuchar la conversación mejor.

Abrió la criada, pero enseguida la sustituyó su hijo.

—Jorge no está en casa y no creo que vuelva hasta tarde.

—¿Le puede decir que se presente en la comisaría de la Plaza de España?

—Sí, se lo diré en cuanto llegue, pero imagino que hasta mañana no le podrán ver.

—Es un asunto muy urgente, mejor que me llame aquí —dijo Lola mientras se daba la vuelta y bajaba los escalones. Después caminó por la grava y salió de nuevo a la calle.

Cada vez le encajaba menos la teoría de Sánchez Romero, pero su jefe no solía cometer errores, a no ser que lo hiciera intencionadamente.

Se subió al coche y encendió un cigarrillo.

—Este crío no ha hecho eso —se dijo, tampoco le encajaba la guardia urbana como asesina.

—Joder, ¿qué coño me estás ocultando? Eso no se le hace a una compañera.

Entonces intentó recopilar de nuevo los indicios y las pruebas. "Exmilitar, rubio, fuerte y que actúa en el Raval, que lo conoce bien," se dijo mientras saboreaba el humo.

—Mierda, el cabrón de Valentín da el perfil.

Lo conocía bien, se habían enrollado hacía muchos años, cuando los dos eran más jóvenes. En ese momento se acordó del tatuaje del dragón en su espalda.

La mujer arrancó el coche y regresó al Raval, pero su compañero no estaba, había preguntado en la comisaria por Valentín y estaba geolocalizando su moto. Ella haría lo mismo.

38. VALENTÍN

Jorge y Zaira iban a salir cuando escucharon un ruido y se escondieron detrás de los inmensos archivadores de hierro. Los pasos se pararon delante de la puerta. Hubo un momento de duda, pero finalmente el desconocido abrió la puerta de los archivos y entró detrás de la luz de su linterna.

Jorge no lo reconoció, pero Zaira de inmediato.

—Sargento, ¿qué hace aquí?

—Esa pegunta tengo que hacerla yo, sabe que está suspendida y encima ha entrado en un edificio público sin permiso.

—Todo tiene una explicación.

El hombre sacó su arma y la apuntó.

—¿Estás sola?

—Jorge, sal de ahí, es mi sargento.

El chico se asomó con las manos en alto.

—Vamos.

Cuando los tres salieron del cuarto el hombre les dijo que fueran hacia la puerta central, estaba abierta. Entraron y vieron el gran salón de ceremonias.

—No era esto lo que querían ver. Desde aquí se ha dirigido Cataluña desde hace dos siglos, a pesar de los vaivenes de la política, de la monarquía, las repúblicas, las dictaduras. Ahora que estábamos tan cerca, nuestro país se llena de indeseables. La única forma de purificar esta ciudad y toda Cataluña es por el sacrificio. Los cinco días de caos que los persas permitían antes de investir a su nuevo gobernante.

—¿Qué dice sargento? No le entiendo.

—Hay que matar muchos peones para salvar a la reina. Fermín, esos pobres diablos del Raval, el bueno de Pascal, ahora solo faltan las dos últimas víctimas propiciatorias y completaremos el escenario perfecto para saciar el hambre del dragón.

—¿Eres el asesino? Hijo de puta —dijo Jorge mientras se abalanzaba sobre él. Se escuchó un disparo y el sonido seco de un cuerpo que caía al suelo.

Los dos miraron a Sánchez Romero.

—Ya hemos atrapado al asesino. Felicidades.

Zaira abrazó a Jorge.

—Nos iba a matar.

—He escuchado todo, no os preocupéis. Tomad su arma.

Zaira iba a cogerla, pero Jorge la sujetó.

—No, es una trampa. Quiere acabar con nosotros.

—Eso es absurdo —dijo el inspector mientras sonreía. Solo pretendo cargaros el muerto, nunca mejor dicho. Si sale a la luz toda esta mierda de los dragones se puede liar una buena. ¿No creéis?

—Si nos detienen lo contaremos todo.

—Nadie os va creer Zaira, un cuento de dragones y princesas, de Sant Jodi y la historia de la ciudad.

El hombre levantó el arma y apuntó a los dos.

—¡Coged el arma de una puta vez!

Manel vio a su hijo tomando un ron, las viejas reminiscencias de La Habana, del país soñado.

—Todo está a punto de descubrirse. Esta casa, tu fortuna y la mía están manchadas de sangre. La única forma de romper la maldición es que todo se sepa.

—Eres un viejo necio, no podemos hacer eso, esa gente nos matará a todos.

—Si sale a la luz no pasará nada, no podrán hacer nada.

El hombre miró a su padre.

—He llegado demasiado lejos, ya es tarde para mí y tú eres un viejo.

El anciano se sirvió una copa.

—No lo es para Jorge, para Jordi.

—Yo maté a la chica, a su amiga. ¿Crees que podrá perdonarme? Lo mandó el maestre, me dijo que si no lo hacía matarían a Jordi. ¿Qué podía hacer?

El anciano puso una mano sobre el hombro de su hijo y después derramó el ron en el suelo.

—Nada, hijo, pero es hora de descansar, de dejar los pecados atrás y comenzar de cero.

El hombre comenzó a llorar.

—Crees que soy un monstruo, pero solo soy un ser humano perdido, como todos.

El anciano soltó su mechero encendido sobre el ron y las alfombras persas empezaron a arder de inmediato. Las llamas siguieron su camino de destrucción por las estanterías de caoba y los libros. Ninguno de los dos se movió, como si quisieran purificarse como Pascal Gorina.

La criada y la madre de Jorge pudieron salir a tiempo, los bomberos lograron salvar la mayor parte de la casa, pero dos generaciones de Vila se redujeron a polvo, junto a toda la historia de la familia. Una especie de justicia poética que nunca pagaría los miles de muertos producidos por la ambición de unos pocos hombres.

Lola logró entrar en la sala secreta y escuchó voces al fondo. Vio a su compañero apuntando a la pareja y no lo dudó, entró sigilosa y le colocó el arma en la nuca.
—Suéltala despacio y no hagas ninguna tontería.

39. GAUDÍ

Lola no dejó de apuntar a su compañero hasta que este soltó el arma y le logró poner las esposas.

—¿Por qué esta cagada?

—Ellos pagan mejor que la policía.

—¿Merece la pena?

—Si quieres una buena jubilación, sí merece la pena.

—Ahora la vas a tener en Soto del Real, con vistas a la sierra de Madrid o en la de Quatre Camins.

Jorge se acercó un paso y la mujer le apuntó.

—Tengo que publicar mi artículo, es la única forma de pararlos, de que todo el mundo sepa quiénes son y por qué han provocado todo este caos. Debo llegar a la redacción antes de que cierren el especial de mañana.

Lola dudó unos instantes. Sabía que esos dos pimpollos eran inocentes, pero tenían que explicar muchas cosas antes de irse a su casa.

—Bueno, pero mañana en la comisaría, tenéis que explicar muchas cosas. Acabar con todo este puto lío.

Jorge y Nazia corrieron hacia la salida, fuera tomaron el coche. Aunque muchas calles estaban cortadas por los disturbios, no tuvieron problemas para llegar a la redacción.

Jorge se sentó en su silla y no paró de teclear durante dos horas, estaba casi terminando el artículo cuando se paró en seco.

—¿Recuerdas lo que te leí del libro? ¿Lo que nos llevó al castillo?

—Sí, claro.

—Hablaba de las escamas del dragón.

—Sí, pero esa parte no la entendí.

—El otro edificio de la logia de los hijos del Dragón está en la Casa Batlló. La forma es la de un dragón con sus escamas.

Nazia intentó recordar la fachada, pero al final la buscó en su móvil.

—Sí, eso dice este artículo.

—Sus dueños, el dueño, es el maestre de la orden de la logia.

Jorge buscó a los actuales dueños y halló que era la familia Bretón. Una de las más poderosas de Cataluña. Desde allí se había ordenado todo, el maestre era el responsable de todo lo sucedido.

Jorge terminó el artículo y lo mandó para las rotativas justo a tiempo.

Mientras, Barcelona estaba iluminada por los coches quemados y las hogueras de los manifestantes. El dragón se había despertado y era hora de terminar con él para siempre.

40. CONSUMADO

El artículo de Jorge Vila fue una sacudida que se extendió por toda Cataluña. Aquel mismo día fueron detenidos un centenar de personas pertenecientes a la organización criminal y los que no lo fueron, sobre ellos cayó la deshonra de sus fortunas ilícitas, sustentadas sobre la trata de esclavos en Cuba y Puerto Rico durante el siglo XIX.

Jorge regresó a su casa aquella mañana después de declarar junto a Nazia. Estaba destrozado, pero le esperaba la terrible sorpresa de que su padre y su abuelo habían muerto.

Nazia llegó a casa, su padre la esperaba, se fundieron en un abrazo y después se fue a dormir.

La ciudad poco a poco recuperó la calma, los políticos regresaron a sus poltronas y la monotonía regresó al Raval.

La inmobiliaria paró por el momento la compra de más edificios, tras los disturbios nadie quería invertir en la zona.

Nazia regresó a las calles sin su compañero Fermín, asistió al entierro en Sabadell e intentó seguir con su vida, pero de vez en cuando miraba en su WhatsApp la foto de Jorge, aunque no se atrevía a escribirle ni a llamarlo. Muchas veces tenía la sensación de que todo lo que había sucedido en las últimas semanas había sido un mal sueño, una pesadilla, pero el reguero de sangre y muerte que había dejado por todas partes evidenciaba lo contrario.

Fue ascendida de puesto, la primera mujer pakistaní guardia urbana de Barcelona se convirtió en una heroína sin querer serlo, sobre todo para las mujeres de su comunidad y del barrio del Raval.

EPÍLOGO

Tres meses después.

Jorge estaba en la redacción cuando le saltó el sexto aviso del violador del Raval. Se levantó de su sitio, fue a la sala de descanso y se preparó un café. Lo pensó dos veces, pero al final marcó el número.

—Nazia, hola, soy Jorge.
—Ya lo sé, tu nombre aparece en la llamada.
—Es cierto.
—¿Cómo estás?
—Cicatrizando heridas, pero por dentro todavía duelen. Estaba pensado escribir algo sobre el violador del Raval y me preguntaba…
—Tomamos un té en un local que conozco y me cuentas.
—Estupendo, mándame la ubicación.

Cuando el periodista colgó una sonrisa se le dibujó en su rostro y regresó silbando a su escritorio. No sabía qué esperar del encuentro con Nazia, pero no podía negar que le ponía muy nervioso.

ACERCA DEL AUTOR

Introduzca aquí el texto sobre la biografía del autor.
Introduzca aquí el texto sobre la biografía del autor
Introduzca aquí el texto sobre la biografía del autor
Introduzca aquí el texto sobre la biografía del autor
Introduzca aquí el texto sobre la biografía del autor
Introduzca aquí el texto sobre la biografía del autor
Introduzca aquí el texto sobre la biografía del autor
Introduzca aquí el texto sobre la biografía del autor
Introduzca aquí el texto sobre la biografía del autor
Introduzca aquí el texto sobre la biografía del autor
Introduzca aquí el texto sobre la biografía del autor
Introduzca aquí el texto sobre la biografía del autor
Introduzca aquí el texto sobre la biografía del autor
Introduzca aquí el texto sobre la biografía del autor
Introduzca aquí el texto sobre la biografía del autor
Introduzca aquí el texto sobre la biografía del autor
Introduzca aquí el texto sobre la biografía del autor
Introduzca aquí el texto sobre la biografía del autor
Introduzca aquí el texto sobre la biografía del autor
Introduzca aquí el texto sobre la biografía del autor
Introduzca aquí el texto sobre la biografía del autor

Printed in Great Britain
by Amazon